S P R I N G

每一本好書都是一顆種子，
春天播種在你的心田夢土上。

Spring

S P R I N G

每一本好書都是一顆種子，
春天播種在你的心田夢土上。

陰界黑幫 2

Mafia of the Dead

Div 著

自序

陰界黑幫二，悄悄誕生了。

這故事中，其實放了很多我對一個老友的深刻懷念，懷念她的聰明，懷念她的認真，懷念她的任性，以及懷念她的特別。

然後，在這分懷念中，我慢慢轉化成自己的故事，並且透過這樣的方式來重溫那段與老友相處的時光。

陰界黑幫也許乍看下暴力，但事實上卻是一個非常能溫暖我心情的作品。（好矛盾的說法啊。）

我感謝這故事，尤其是當老友已經離開人世的這個此刻，我很幸運的可以用我的方式將回憶保留下來。

我個人很喜歡陰界二，不只是喜歡那被我藏在故事中的溫暖，更重要的是，我看見了一個作者該努力的責任，那就是寫出一個讓自己欲罷不能的故事。

我喜歡陰界二，期望你們也喜歡。
話不多說，讓我們翻下一頁，一起看故事吧。

Div

陰界黑幫

2

Mafia of the Dead

自序—004
楔子—010
第一章—武曲—016
第二章—破軍—048
第三章—武曲—084
第四章—破軍—124
第五章—武曲—176
第六章—破軍—214
第七章—武曲—286
尾聲—317

「相傳紫微星系共有一百零八星，又以十四星主掌夜空，其影響國家興亡，個人運勢甚巨，其為紫微、太陽、太陰、武曲、天同、天機、天府、天相、天梁、破軍、七殺、貪狼、巨門與廉貞是也。」

楔子

這裡，是陽世。

一棟黝黑而巨大的建築物，傲然聳立。

這棟建築物的外表看來黝黑無光，樸實無華，但卻堪稱整個國家中最安全的堡壘。厚實的磚瓦內藏著堅硬的厚鋼甲，連飛彈都能抵禦，加上四面八方來回巡邏的便衣刑警，以及方圓一公里內絕無比它高的建築物，如此嚴密的防衛，目的都只有一個。

保護建築物裡面的，那一個人。

他是這個國家的最高領導，陽世權力最大的人之一。

總統。

只是如今，這位擁有驚人權力的第一人，卻坐在建築物中心房間的椅子上，眉頭緊鎖。

他目光的焦點，是桌上的一張帖。

帖非紅非白，所以既不是婚，更不是喪。

這是黑帖。

什麼樣的邀請會發出黑帖？總統的眉頭緊緊鎖著，顯然，他知道這張黑帖的意義。

這不是來自陽世的帖子，這是陰間來的大帖。

「黑帖。」他的手，撫摸過帖子的表面，這帖的材質極為特殊，摸起來如絲綢般滑嫩，但溫度卻冰冷如寒鐵。「六十年了啊，我一直以為前幾任總統留下的機密檔案所提到的『陰王帖』只是一個傳說，沒想到真的出現了啊。」

總統慢慢的嘆了一口氣，起身走到牆壁旁，手一按，竟然自動出現一個隱藏的保險箱。按下十位數的密碼，保險箱的門彈起，裡面是一疊文件。

總統的手指遲疑了一下，才從文件的最下方，抽起一份黑色的文件夾。

「就是這個了。」總統打開了黑色文件夾，裡面有一疊紙，紙早已泛黃，而且光看材質，甚至可以判定這絕對是百年以上的古物。

總統小心翼翼的將紙攤平，輕聲唸了起來。

「『陽』之影為『陰』，陽世的影子就是陰界，一如人與影，陽世與陰界互為表裡，密不可分。」總統唸著。「陽世有陽法，陰界有陰律，互相尊重，互不侵犯，但陰界每逢一甲子六十年，必會大亂，陰律稱之為『易主』。」

易主？總統內心一陣嘀咕，這像是陽世的總統大選，政黨輪替嗎？只是陽世是四年一場大選戰，而陰界是六十年才來一次。

總統頓了頓，又繼續唸道：「陰界原始且暴力，易主一旦啟動，必會多有殺戮，殺戮一起，其魂魄加速滅亡輪迴，更會牽動陽世，引起陽世大亂，輕則人禍，重則天災。」

讀到這裡，總統皺眉。「易主啟動，引起陽世大亂，等等，六十年一任的易主，那在六十年前，陽世曾發生過什麼事嗎？」

仔細一想，總統忽然感到背脊微微滲汗，他想起來了，那個他還在襁褓中的年代，不正是軍閥割據、國共會戰，人稱最悲傷的公元一九四九年嗎？

那時候，正是陰界易主之時？

上次是百萬人的浩大戰爭，那這次呢？

總統的眉頭越鎖越緊，而他的眼睛則注視著那張古紙，繼續往下讀去。

「何謂易主？陰界奉夜空中十四星為主，這十四主星都具備爭霸陰界資格，一旦易主啟動，十四主星將同時現世於陰界，並爭霸天下。」

爭霸天下？總統吞下了一口口水，陰界畢竟不比陽間，那裡還是一個戰場啊？

「有鑑於陽世必須迴避陰界災難，所以須提前預防，數百年前一位陽世領袖正巧是十四主星魂魄之一，他與陰界訂下了一約定，此約定即是……」

總統的眼睛，已經移到了古紙的最底端。

這底端沒有之前密密麻麻的章節段落，一大片留白中，只有三個字。

三個以凌亂筆跡寫下，充滿力道與狂放的三個字。

陰王帖

「呼。」

總統重重吐出一口氣，整個人砰的一聲，坐在他的黑色辦公椅上。

「所以，這張陰王帖，當真是陰界送來，提醒易主時刻即將到來的約定？」總統苦笑，「難怪以我總統府滴水不漏的防禦，這張帖還能神不知鬼不覺的送到桌上，若不是鬼魂，還有誰能做到？」

就在總統揉著自己的眉心嘆氣之際——

叩叩叩，一陣敲門聲傳來。

「誰？」

「總統大人，是我，我是祕書。」門後傳來一個沉穩的女聲，光從聲音就可以判定這女子行事低調而幹練，是總統的左右手。

「進來吧。」

「這是今天的報紙，總統先生。」祕書遞來一大疊報紙，上面被劃出了好幾個大圈。「劃圈的部分，是較值得注意的新聞。」

「很好，放著吧。」總統揉著眉心，沒再說話。

「是。」祕書鞠躬，緩緩退出門外。

而總統的手仍未停止搓揉眉心，只用眼角餘光瞄向桌上的報紙，忽然間，他的指頭停了。然後，指尖微微顫抖起來。

因為他看見了報紙折起的一角，一則新聞被翻了一半出來。

事實上，這則新聞並不在祕書所劃的紅圈圈裡，篇幅甚至小得可憐，但，它的內容卻在一瞬間，震動了總統的心靈。

因為，這則小新聞的標題所寫的竟是……

「人口異常消失？本報記者獨家調查，城市這兩年來無故死亡的人口比例，是往年的二十倍？」

人口消失？總統吞了一下口水，雖然人口消失的原因很多，人口外流？戶口普查不實？或者是，這名記者為了搏版面胡謅一通？

但，這一剎那，總統卻已經有一種強烈的預感。

這就是徵兆。

易主時刻到的徵兆。

陰界十四主星要爭霸天下，開始從陽世取兵了。

「接下來，我能做什麼呢？」總統望著窗外，喃喃自語，「身為陽世總統，我還能做什麼？」

還能做什麼呢？

天廚星．冷山饌

危險等級：3
外型：平頭，白髮，年紀約莫六十歲，經歷過無數滄桑的老人。
星格：乙等星。
能力：「神之舌」。

神之舌可以分辨陰間最細微的味道，透過神之舌的能力，冷山饌不僅能分辨出各種食材美味，更可以調配出堪稱完美的菜餚。

冷山饌在人才濟濟的美食界中頗負盛名，曾任紫微帝星的當家大廚，各式各樣的食材都難不倒他，其中「寂寞之湯」、「聖．黃金炒飯」更是美食界的傳說。也讓各大名廚將他奉為至尊，無愧天廚之名。

只是近年來神之舌突然失效，喪失味覺的他，已不復當年風采。

第一章·武曲

1.1 深夜絕色

這裡，是一台急駛在馬路上的快餐車。

這台快餐車的車身相當巨大，幾乎等於半台卡車，開車者正是名為大耗的男子。

他會全力駕車，是因為琴等人在「小寶夜市」大打出手，結果引來貪狼率領大批警力追捕，琴與眾人在千鈞一髮之際，跳上快餐車逃離了現場。

在車上，琴聽完了天廚星冷山饌的故事後，得知武曲當年為了完成「聖·黃金炒飯」，留下了五種關鍵食材，更代表著五種關於武曲自身記憶的線索。

但天不從人願，冷山饌說他於數年前已喪失了味覺，這表示武曲留下的線索，失去了一個最重要的分辨者。

不過，就算局勢再惡劣，已經下定決心的琴，又怎會輕言放棄？

「冷山饌師父，你說你的舌頭喪失了味覺，看了多少醫生都看不好……」琴側著頭想了一會，「看病要找源頭，冷師父，你可以和我們說說看，你的病是怎麼開始的呢？」

「怎麼開始的啊？」天廚星看了小耗和大耗一眼，慚愧的搖了搖頭。「這事說來真慚愧。」

「慚愧?怎麼說。」

「唉，就在武曲離開陰界不久，政府也慢慢變了，所以我也離開了那裡。因為我知道陰界廣大無邊，食材種類何止千萬種，因此離開政府，踏上了我的美食之路。」冷山饌就算失去味覺，說起美食仍是難掩熱血激情。「我在陰界到處旅遊，以烹煮美食為生，更不斷開發新的食物，甚至收了兩個徒弟。」

「嗯。」琴坐在快餐車的椅子上，專心聽著冷師父講話，她向來欣賞有夢想的人。

「那天，我與兩個徒兒走到了一個南邊的小鄉鎮，那是一個盛產葡萄的地方，它的金香葡萄釀起酒來當真好喝。」冷山饌微微一笑，「那小鎮一點都不有名，但蘊藏的美食食材卻異常豐富，我們一待，就是兩個多月。」

「金香葡萄啊?」琴想像葡萄酒的香氣，如黃金般純淨耀眼，肯定迷人吧!

「也許是待久了，讓人發現了我們的行蹤，就在某個我們已經收攤的晚上，來了一個人。」冷山饌說到這，露出一種古怪的表情，彷彿又是迷戀又是痛苦。「一個女人。」

「女人……」琴察覺了冷山饌表情的異常，奇怪的是，連大耗和小耗都有相同的表情。

「那女人有什麼特別嗎?」

「因為那是一個美女，一個可能是陰界最美的美女。」

「美女?」琴一愣，轉頭看向小耗和大耗，她發現兩人的表情迷濛，似乎也深為記憶中這女人的模樣所著迷。

深夜昏黃的燈下，一個收攤的小攤子，突然來了一個絕世美女。

這美女，到底和天廚星的病，有什麼關係呢？

只見天廚星慢慢閉上眼睛，把這個故事完整的說了出來。

二十餘年前，陰界，神祕的美食小鄉鎮，一個美女來到了天廚星的小攤子，引起了天廚星三人的注意。

那美女的身材高挑，完美的模特兒比例，燙著一頭微捲的長髮，五官清秀中帶著一種攝人的絕美容光。

那是一種任何人一見，都捨不得移開眼睛的美。

美女來得突然，找了個位子坐好後，她順手把手中的一個小提袋，放在桌上。

「對不起，小姐，我們收攤了。」小耗上前招呼，「今日的餐點已經賣完，下次請早。」

「我知道你們收攤了，但，我不是來吃你們煮的東西喔。」那美女開口了，她的聲音嬌甜而稚嫩，與她絕世的容顏，搭配出一種令人永難忘懷的驚豔感。

「所以，妳是……」小耗一愣。

「嘻，我不是來吃你們煮的菜，相反的……我是來拿東西給你們吃的。」美女微微一笑。

「妳在開玩笑嗎？我們是小吃攤欸，怎麼會是妳拿東西給我們吃？」小耗搔了搔頭，這美女怪怪的喔。

「我是認真的喔。」美女微笑，纖細修長的雙指，靈巧的將桌上那小提袋的繩子拉起。「不過，也要看你們道行夠不夠哩，能不能吃下我帶來的食物。」

「道行？」這句話引起了冷山饌的注意，他推開了小耗，走到了美女的面前。「食物這東西，怎麼會和道行有關？」

「就是有關啊。」美女嬌嗔。「而且，我敢和你們打賭，就算是曾經嚐過天下美味的冷山饌師父，也絕對沒吃過這種味道。」

「哈。」冷山饌雙手扠腰，冷冷搖頭。「說我沒吃過的東西，這世界倒是挺少的，但如果妳拿的是豬狗糞便，我又何必和妳賭？」

「這麼說，有道理。」美女淡然一笑，「但我敢保證，這絕對是美味，就連師父您都不得不承認的美味。」

「喔？這麼厲害？」冷山饌冷笑了兩聲，「那不妨打開來看看。」

「確定？」美女微笑，「這一打開，我怕你們當中，有人道行不夠哩。」

「別開玩笑了！」這時，大耗和小耗同時大叫，「我們好歹也是有星格的！怎麼會怕一份食物？」

「食物可不可怕，得看是誰煮的哩。」美女一邊說著，十指如玉蔥，已經解開了那小提袋。「那我就打開囉。」

而隨著提袋層層被解開，冷山饌忽然感到心臟一跳。

因為，氣味。

某種令他感到不安的氣味，飄了出來。

這氣味，就算被層層的布給包裹起來，仍掩不住它獨特且猛烈的氣味。

如此兇猛的氣味，這袋子裡面，究竟是什麼？

「不愧是冷山饌師父，看你的表情就知道你識貨。嘻，為了怕它的氣味洩漏，我拿了陰界寶物之一『曾經裹過木乃伊的麻布』連續裹了六六三十六層，還是被你聞出了端倪。」美女察覺到冷山饌表情的異常，她手指仍不停歇，一層一層的把這塊裹布給打開。

「這裡面是什麼？」冷山饌知道來者已經絕非簡單之輩，沉著聲音問道。

「等您來鑑定囉。」說完，只見美女保持甜笑，解開了最後一層裹布，露出裡面的真面目。

一個方形物體，外殼被炸得金黃酥脆，內餡則透著柔軟的白，白色中埋著醃過的高麗菜。

重點是，這東西的氣味。

臭。

極臭，極臭，宛如千萬中惡臭融合在一起的臭。

但當你感受到了極臭，這極臭的背後，卻是一股令冷山饌無法理解的味道，古老的中國藥材，濃純的純釀醬油，發酵時產生刺鼻的酸勁，還有釀製黃豆時會產生溫醇的土地氣息。

這是一種充滿深度的美味，與它原本的臭味形成一股衝突但又融合的氣味。

這是什麼？這究竟是什麼？

「豆腐？用炸的豆腐？」冷山饌吸著這濃烈的氣味，身軀不由得顫抖著。

「它有個名字，叫做『臭豆腐』，陽世的人特愛吃。」美女淡然一笑，「但我做出這臭豆腐，用的可是陰界的食材，其猛烈程度，豈是陽世可以比擬？」

「臭，豆，腐。」冷山饌喃喃自語，忽然間，他聽到背後砰然倒下的聲音。

一轉頭，只見大耗口吐白沫，仰倒在地，只剩下小耗一人扶著桌沿，苦苦支撐。

「我說過了，這食物得要有點道行才能吃。」美女笑著。「光聞味道，就倒了一個啦。」

「可惡，好臭好臭啊……」小耗苦苦支撐著。「這臭豆腐，到底是什麼鬼東西？」

「這可不是一個普通的鬼東西，冷山饌師父，人稱陰界美食界第一把交椅的天廚星，你敢吃嗎？」美女雙手捧起盤子，迎向了冷山饌，臉上是挑戰的笑容。「你敢嗎？冷山饌師父。」

「我？」冷山饌昂起頭，鼻中盡是這奇異食物的濃烈氣息。

這氣味太獨特，彷彿是一種絕世高手被關入了深不見底的地窖中，經過數十年孤獨與苦練，竟自行領悟出另一套走入了偏門，但更強更瘋的武功。

而這臭豆腐，正散發著如此更瘋狂、更暴力的味道。

「入魔。」冷山饌閉上了眼睛，「這臭豆腐就像是一個超級高手入了魔道，反而領悟出更詭異更強大的武功一樣啊。」

「好一個入魔比喻，我喜歡。」美女眼神閃過讚嘆，「因為煮這食物的人，也是這樣說。」

「這食物是誰煮出來的？」

「抱歉，冷師父，我答應他不能說。」美女歉意一笑，「你究竟敢不敢吃呢？」

冷山饌遲疑了半晌，忽然大笑。

「一日為廚，終身為廚，既然身為廚師，任何食材，豈可放過？更何況入魔的食材，可是千載難逢的啊。」

冷山饌笑完，手一伸，徒手抓起了那塊金黃色的臭豆腐。臭豆腐從一起鍋，就被保溫到這裡，熱度仍高，只見冷山饌抓著豆腐的手被燙到冒出白煙，但他的臉色卻絲毫不變。

「千載難逢啊。」冷山饌狂笑，嘴一張，就把臭豆腐往嘴裡塞了進去。

「師父！」這一剎那，只聽到小耗驚吼。

一旁美女則露出一個詭異的笑容。

冷山饌的嘴巴闔上了。

「師父……」小耗抓著師父的手，微微顫抖著。「您還好吧？」

「怎麼？好吃嗎？」而美女則雙手抱胸，臉上笑容依舊。

冷山饌閉著眼睛，久久不說話。

「怎麼啦，冷師父？」美女表情微微嚴肅，「這臭豆腐好吃嗎？」

「魔！好一個魔！」冷山饌緊閉的雙眼，竟在這時候滑下兩行淚。「好一個魔化美食啊，在強烈的臭味之下，那是比誰都深的執著，比誰都深刻的愛，只是……終究還是入魔了啊。」

說完，冷山饌嘴巴張開，突然不講話了，然後直挺挺的往後倒去。

「師父！」冷山饌倒得突然，小耗先是微微一愣，才撲到冷山饌的旁邊，只見冷山饌嘴巴張大，舌頭微吐。

一股濃稠的黑氣，正在舌尖環繞著。

「黑氣？這是毒？」小耗怒吼，雙手往外一攤，「兩團麵粉」出現。

他要出「技」了，因為他知道，這美女設局毒傷了師父，最徹底的解法，就是逮住她，然後逼出解藥。

「正是，不過這可不是普通的毒。」美女甜甜說著，「這毒很厲害，與臭豆腐合而為一，我花了三年才煉成呢。」

「誰管妳怎麼煉的，把解藥交出來！」小耗嘶吼間，手上的麵團已經化成千絲萬縷堅韌且銳利的麵絲，射向了眼前這神祕的美女。

「你不是我的對手啦，小朋友。」美女笑著，伸手將長髮輕輕往前一撥，溫暖香氣的風吹向麵線。

只是一陣溫暖的風，竟讓小耗表情大變。

因為銳利的麵線一碰到香風，立刻發黑發軟，落在地上，變成一攤爛泥般的麵粉。

「妳……妳……」小耗渾身顫抖，只是一招，他就已知道自己絕非這美女的對手，但他仍再度執起「麵團」，打算進行第二次反擊。

「別打啦，小朋友。」美女溫柔的笑著，「不管你怎麼打我，我都沒解藥的，如果我要製毒，絕對不製解藥，這是我的一貫作風喔，嘻。」

「只製毒，不製解藥？」這一秒鐘，小耗腦中嗡然一聲巨響，因為他想起來了，在陰界的確有這麼一個人。

她不僅是製毒好手，更是人人公認的一代高手，而且她有一個怪癖，就是從不製造解藥。

所以，被她毒到的人，通常都無藥可治。

這人的名號，讓許多陰界成名的魂魄，都不禁退避三舍。

「原來是妳啊，能調出入魔的美食，果然不是等閒之輩。」此時，一個蒼老的聲音響起，竟是原本躺在地上的冷山饌，他的眼睛已然睜開。「甲級星中的鈴星，危險等級六十，鈴啊。」

甲級星中，危險等級介於六與七之間，極度危險的製毒高手，鈴星，鈴。

「喔？你這麼快就醒啦，你的道行果然不低，而且一次就猜中我是誰。」鈴臉上有著甜甜的酒窩。「能對這樣的角色下毒，真是我的榮幸。」

「鈴。」天廚星仍躺在地上，舌頭的黑氣已經淡去，但取而代之的，卻是一種痲痹感。「老夫不記得曾惹過妳啊，為什麼花如此長的時間製造這臭豆腐，引老夫中計？」

「嘻，我從沒說過你惹過我啊，不過製作這臭豆腐，是為了想問你一個問題……」鈴輕盈的蹲下，看著躺在地上的天廚星。

「什麼問題？」

「臭豆腐比『它』好吃嗎？」鈴依然在笑。

「它？」天廚星深深皺眉，這女人究竟在說什麼啊。

就在此刻，鈴卻慢慢變了，原本美若天仙的臉龐，在一瞬間凝滿了殺氣。

「它，當然就是那碗**不寂寞的湯**啊。」

「湯？不寂寞的湯？」天廚星感到全身通透的寒意。「難道……妳是衝著武曲來的？」

「嘻，你覺得呢？」鈴臉上的殺氣消散，再度變回美麗天使的臉龐。「是啊，你幾天後就能自由行動了，到時候你就會知道，我究竟放了什麼毒在你的身上。」

「妳，為什麼要對付武曲……」天廚星雙手緊緊握拳，但他的身體卻依然無法動彈的躺在地上。

鈴沒有回答，只是嫣然一笑，轉身就走。

「別走，妳得先把師父治好！」小耗見狀急忙伸出手，就要拉住鈴的肩膀。

但在最後一刻，鈴轉過頭，倩然一笑。「嘻，你確定要碰我嗎？你不怕碰完我之後，你的那隻手不會爛成白骨嗎？」

「啊。」小耗一驚，手微微遲疑，鈴身形輕盈，已然走出了小攤子。

「放心，你師父不會死的，畢竟他說對了一件事……『入魔，是因為比誰都深的執著，比誰都深刻的愛。』」鈴說到這，輕輕的嘆了一口氣。「倒是你，三天內別再用技，不然毒氣攻心，我可救不了你。」

「毒氣攻心？」小耗表情滿是吃驚，「我，我也中毒了嗎？」

「毒啊，就是要下得神不知鬼不覺啊，嘻嘻。」鈴笑聲已然遠離，而她的背影已經完全融入了人群與夜色中，再也無從分辨了。

小攤子裡面，就剩下三個人。

一個道行不足，被臭豆腐熏昏的大耗。

一個滿臉驚疑，不斷喘氣的小耗。

還有一個躺在地上，身中臭豆腐之毒的天下名廚，冷山饌。

1.2 最暖的一碗湯

聽完冷山饌的回憶，車上眾人一陣沉默，而率先打破沉默的，是琴。

「從那時候開始……你的舌頭就再也沒有味覺了？」

冷山饌點頭。「從那天起，我的舌頭就像是一條麻木的石頭，再也嚐不出味道了。」

「這女人很奇怪欸。」琴說到這，不禁雙手扠腰，滿臉氣憤。「如果她要找武曲的麻煩，就自己去找她就好啦，幹嘛牽連到別人啊。」

「她找冷山饌，倒也不是沒有道理嘿。」一旁的莫言開口了。

「欸？」

「第一，妳覺得鈴就算厲害，但她會是危險等級九的武曲對手嘿？」

「呃。」琴想了一下，然後搖頭。

「第二，武曲根本就不在陰界，她要如何報仇起？」莫言開口了。「為此，她只能找冷山饌。」

琴轉頭看向莫言，這個光頭，身材高瘦，總是戴著一副墨鏡的男子，正是甲級擎羊星，人稱「神偷」的莫言。

「亂說，既然武曲離開了陰界，就可以說是死了，那鈴為什麼還要去傷害其他人，這樣和武曲有什麼關係？」

「和武曲當然有關係。」莫言搖頭。

「為什麼？」

「妳這小女孩明明就挺聰明的，但老是不肯動腦，廢去冷山饌的舌，對武曲的影響，妳還猜不出來嗎？」莫言冷笑。

「對武曲的影響……啊！」琴側著頭，忽然間她腦袋靈光一閃，卻不禁打了一個寒顫。「你是說，鈴是為了不讓冷山饌分辨出五道食材的味道，才廢去他的神之舌，所以……她是為了斷去武曲找回記憶的路？」

「沒錯，就算武曲回來了，沒有記憶的她，又怎麼重現十四大主星，危險等級九的絕世霸氣？」

「好狠的女人，唉，但是……」琴想到這裡，眉頭慢慢皺起，「這女人做得這麼絕……她和武曲，到底有什麼深仇大恨？」

「呵。」莫言笑了，拇指比了比一旁的小傑與小才，「這種事，就該問問妳們家的人啦。」琴的眼神轉向小傑和小才，但奇怪的是，兩人竟然同時避開了琴的目光。

「小傑，小才，告訴我，武曲和鈴兩人，究竟發生了什麼事？」琴把壓力轉向小才，因為她知道小傑生性剛毅，若是決定不說，就是把槍管壓在他腦袋上，他也絕對不會說。

「琴姊，這部分是屬於妳的私事，我們實在不太清楚……」只見小才目光閃爍。

「小才，說！」琴雙手再度扠腰，擺出大姊頭的威嚴。「給我說清楚。」

「琴姊……」小才哀求。

「說！」

「這是妳的私事，我們真的不清楚……」

「小，才！」

「啊啊，因為妳是鈴的情敵啊……」小才雙手捂耳，大叫。

「啊？」琴一整個愣住。「情……情敵？」

武曲與鈴的關係是情敵？所以當武曲悲傷的離開陰界後，鈴才會動手毒傷了天廚星。

不過，如果武曲和鈴是情敵，那不就表示……武曲還有一個情人？

如果我是武曲，所以，我有情人？

「既然有情敵……那情人是誰？」琴表情詫異，看著小才。

「這……」小才抿著嘴不說，卻忽然跪下，朝著琴猛磕頭，額頭在車板上撞出「叩叩叩」的聲響。

這動作著實嚇了琴一跳，斬殺黑白無常時如此瀟灑霸氣的小才，竟然朝著自己猛磕頭。

「幹嘛？小才，幹嘛磕頭啊？」琴急忙抓住小才的肩膀，但小才宛如不動金剛，怎麼拉都拉不起來。

「琴姊，求妳不要再問我了，我不能違背自己的誓言啊。」小才猛磕頭，而小傑也只是抿著嘴，在一旁猛嘆氣。

「誓言？什麼誓言？」

「我不能說，但這誓言就是妳親自逼我們立下的，妳就別再逼我們了。」

「我，逼你們的？」琴一陣錯愕，手一鬆，小才終於停止了磕頭。

「不能說的誓言，就是妳在離開陰界前逼我們立下的，我不能繼續說了。」小才苦著臉。

「是嗎？」

琴忽然感到一陣恍惚，原來一路上小才和小傑始終欲言又止，就是因為自己的誓言。

這剎那，琴感到好心疼。

為「武曲」這個女孩感到強烈的心疼。

她，明明是一個爽朗乾脆，敢作敢當的英勇女孩，究竟是為了什麼原因，讓她懷著極度的悲傷離開陰界，甚至讓她逼迫小才與小傑立下誓言，究竟發生了什麼事？

這個祕密，難道與鈴這女孩有關嗎？而她的情人，又是誰呢？

而這個鈴在製作這入魔食物「臭豆腐」的時候，又是懷著何等深刻的愛與恨，將她的毒放入這食材中，最後將冷山饌的舌頭，給徹底封印起來呢？

原來，人家說陽世因為情愛而豐富，原來陰界也是如此啊。

「那現在該怎麼辦？」小才搔了搔腦袋，「冷山饌師父不能嚐味道，就算我們找到了食材，恐怕也無法做成聖・黃金炒飯了。」

「真的沒辦法了嗎？」琴看著冷山饌，「你們真的找過所有的醫生了？」

「找過很多醫生囉。」冷山饌嘆氣，「高明不高明的都請過了，但每個人都搖頭，說這毒不只是毒而已，更有深刻的怨念，糾纏在我的舌尖，要解這毒，恐怕要除念師之類的高手才行。」

「除念師？」琴不懂。

「琴姊，這我來解釋。我們是鬼魂，沒有軀體而來的感染與生病，所謂的生病，一來是能量不足，二來就是被其他能量傷害，這就是怨念。」小才解釋。「普通的病與毒，醫生透過寶物和手法，以陰陽五行或是陰獸藥物就可解，但遇到『技』的怨念，就非得特別的醫生不可，這醫生通常都具備除念的能力。」

「喔。」琴聽得不斷點頭，好一個陰界的「能量說」，彷彿一切都可以用能量解釋。

「論醫術能力，最高明的是天機星吳用與息神星周娘，前者是政府重要人物，一般人請不起，後者退隱已久，更是沒人知道她在哪。」小才苦笑，看著眾人。「所以冷師父才束手無策吧。」

就在眾人陷入沉默的時候，琴卻用力拍了一下大腿。

「我知道了！就是怨念！」

「啊？」眾人一起看向了琴。

「鈴的毒是一種強大的怨念，纏住了冷師父的舌頭，讓冷師父的舌頭再也感受不到味道，對吧？」

「可以這樣說。」眾人點頭。

「那我們只要解開這怨念就好，對吧？」琴越說越興奮。

「是啊。」小才搔了搔腦袋，「可是，這就是最難的地方，因為要解開怨念，首先要比它的能量更強，然後還要像是解謎一樣，層層化開……」

「啊？」

「嗯，不用吧，就用陽世的方法吧。」琴微笑。

「臭豆腐太臭，臭到嘴巴都是臭味，在陽世我們會怎麼辦？」琴轉身，走向廚房，順手把掛在牆壁上的圍裙圍上了腰際。「就來個清爽的東西即可。」

「清爽的東西？」眾人還是一頭霧水。

琴沒有立刻回答，只是看著冷山饌，嘴角慢慢揚起一個笑容。

這笑容，好誠摯、好溫柔，彷彿是一個老朋友對著另外一個老朋友在笑著。

「冷師父，我來煮湯吧。」

「煮湯？」冷山饌愣住。

忽然，他想起了三十年前，那個每晚都來討湯喝的女孩，她的笑容也是這個模樣，那種淡淡暖暖的，宛如寒夜暖流的微笑。

想到這……冷山饌的眼角湧起一股熱流，他也忍不住揚起了一模一樣的微笑。

他發現，原來自己等這個微笑，已經等了足足三十年了啊。

「但，我記得，武曲不諳廚藝啊。」冷山饌邊說著，邊笑著。

「嘻。」琴綁好圍裙，打開櫥櫃，這裡不愧是快餐車，什麼食材和調味料都有。「我不知道武曲會不會啦，但我可是會喔。」

「啊，說的也是……」冷山饌搔了搔頭髮。「妳已經去陽世走一遭了。」

「我是琴，而且，我煮過湯……嘻，雖然只煮過那麼一次而已。」琴笑著，拿起了蛋、蔥、馬鈴薯，還有紅蘿蔔。

她暗暗慶幸，幸好，陰界的蛋和馬鈴薯，外型和陽世沒有差很多。

「一次？」冷山饌問。

「是啊，那是社團營隊，對象是國中生喔。」琴開始動手切菜，說到社團大會，她手指微微停住，隨即又快速切了起來。

那一剎那的停住，是琴想起了那次社團營隊煮湯的情景，那是一幕平凡卻又讓她印象深刻的畫面。

琴的社團生活，是她記憶中最豐富且有趣的一段時間。

一群大學生，不為金錢、不為名利，只是單純為了社團活動這件事努力著，努力拚命幾天幾夜都讓人覺得甘之如飴。

那次社團營隊的時間共五天四夜，對象是國中生，琴的社團設計了一連串的活動、表演，還有各式各樣的闖關遊戲，只為了給百名國中生一個美麗的寒假回憶。

而這次的營隊，卻在第三天晚上，遇到了一個小小的挫折。

那就是下雨了。

寒冬加上突如其來的大雨，不只讓溫度整個陡降，更讓原本在戶外的大學生和國中生們，被淋得像是落湯雞一樣。

當時，身為琴學長的營長，一方面急忙調派人手將國中生們帶回室內，一方面打電話給在營隊基地留守的琴。

「下雨了，怎麼辦？」營長語氣有著罕見的著急，雖然他是帶活動的高手，但畢竟也只是一個二十歲的年輕人啊。「這些小隊員們要是感冒了，我們就責任大了。」

「嗯。」琴手拿著電話，側著頭想了一會。「那，我們來煮湯吧。」

「煮湯？」營長愣住。

「是啊，煮熱熱的湯，喝了就不會感冒啦。」

「但……現在是寒假，學校餐廳都休息了，我們的三餐都是外包便當……就算學校有瓦斯爐，妳哪來的人力和材料來煮湯？」

「這你不用擔心，我來想辦法，你快點想辦法把小隊員們帶回來，外頭又溼又冷，再待下去肯定感冒，一回來，就會有熱湯喝了。」

「真的？」

「真的。」琴忍不住扠腰，對著電話吐舌頭。「你認識我三年了吧？我曾經騙過你嗎？」

「是沒有。」營長緩緩吐了一口氣。「不過……」

「不過？」

「妳從不騙人，但妳總是拚命勉強自己，去做一些不可能達成的任務，太辛苦了。」

「嘿，你怎麼溫柔了起來？這不像是我認識的鐵血營長喔。」琴笑了。「呵呵。」

「偶爾也要溫柔一下啊。」營長也笑了，原本被大雨淋得慌張的心，竟在琴的笑聲中，悄悄的找回了一點溫暖。

「那就這樣囉，我得動手了。」琴掛上電話，這次換她深深吸一口氣了。

因為營長一點都沒有說錯。

現在是寒假，所以餐廳是關門的。

所有餐點都是找外面的廠商事先預定，現在不是正常用餐時間，根本沒辦法找廠商幫忙。

現在，她只剩下自己而已，她必須在三十分鐘內，像變魔術一樣把上百人能喝的湯給變出來。

「呼，加油！琴！妳可以的！」琴閉上眼睛，給自己一個鼓勵。

然後她拿起了電話，進入「簡訊」的選項，更將發送模式調整為「所有朋友的群組發送」。

只見琴的手指移動得好快，噠噠噠的敲下了一行字。

「急！大急！誰有大鍋？誰有煮湯的材料？我在學校，請在十五分鐘內與我聯絡。」

琴吸了一口氣，用拇指大力的按下了「傳送」。

這一剎那，隨著琴按下傳送的瞬間，簡訊中短短的十幾個字，轉換為0與1的電子訊號，化成一道光速電波，送到了手機基地台。

然後就像變魔術一樣，這電波在基地台被複製成數百道電波，宛如流星四射般，往四面八方散開，各自尋找自己的目標。

而下一秒，這土地上有百餘人的手機，響起了不同音樂、不同模式的簡訊訊息。

因為寄信者是琴，所以所有人都拿起了手機，仔細的把訊息閱讀完。

有的人，立刻起身到廚房尋找食材。

有的人，則是手邊沒有食材，但他將椅子轉向一旁已經打開的電腦，連上網路，打開一個叫做PTT的bbs系統，將琴這段字給貼了上去。

同時間，不只是bbs系統、瀏覽器系統，包括F社群網站、T社群網站、P社群網站，全國前幾大社群網站，都被貼上了琴的訊息。

從琴以大拇指按下「傳送」後的三分鐘，一百八十秒內，全國已經有超過二十萬人讀到了這訊息。

也有越來越多人離開了椅子，替琴尋找煮湯的食物。

只是一封簡訊，效應卻如此驚人，原因不只是電訊傳播的發達，更重要的，因為她是琴。

也許不起眼、也許平凡、也許單純，卻讓每個認識她的人，都不吝伸出援手，決心幫她到底。

琴，就是這樣的人。

而琴的請求，則在發送簡訊後的五分鐘，回傳到了她的手機。

「蘿蔔四根，我找到了，等會我騎車送去給妳，阿屁。」

琴微笑，阿屁是她學弟，就住在營隊附近，摩托車車程是五分鐘。

很快的，第二通簡訊也來了。

「洋蔥三粒、蛋兩顆，學妹，這是學長從妳學嫂冰箱挖出來的，數目少點別介意啊，署名：阿元。」

琴臉上的微笑又更大了，阿元是學校電機系的學長，是個打籃球的運動咖，大了琴四屆，畢業後和女朋友結婚，當時琴都稱他女朋友為「學嫂」。

「妳好，雖然我不認識妳，但我已經準備了高麗菜和青蔥，」另一則簡訊是這樣寫的。「五分鐘後到妳那裡。」

就在短短的數分鐘裡面，琴手機的簡訊聲接連不斷，嗶，嗶，嗶……簡訊中，都是承載著滿滿愛心的食材。

其中，甚至有琴高中最好的同學，小風。

「嘿，帥琴，妳的請求我怎麼敢不幫忙？不過我住得很遠，所我現在找一個住在妳附近的朋友，將排骨送過去，妳等著喔。署名：戒菸的小風。」

時間，十三分鐘半，琴的面前，就已經堆滿了如同小山般的各式煮湯食材。

蘿蔔、蔥、蛋、馬鈴薯、排骨、雞湯塊……這些食材，要煮三百人份的大鍋湯，絕對綽綽有餘了。

只是，琴的眉頭卻在這時皺了起來。

因為所有食材都已到位，但偏偏就是少了那麼一個主角。

鍋。

能盛載百人熱湯的大鍋。

「沒人有鍋子嗎？」琴握著手機，她的手心微微冒汗，大鍋比起其他食材，的確特別，只有少數的大型餐廳，才會採購這樣大型的鍋具。

網路力量雖然遍佈全國，但年齡層畢竟都集中在年輕人身上，只有短短的十五分鐘而已，就算有人想到要去餐廳借，大概也借不到吧？

「嗯，既然這樣……」琴深吸了一口氣，她還沒有放棄希望，既然沒有大鍋，那就拿小鍋分開煮吧。

能煮幾鍋是幾鍋，就算只有半碗，也要讓每個小隊員感受到溫暖。

但，就在琴要拿起小鍋的時候，營隊基地的門砰的一聲，被人粗魯的推開了。

所有人的眼睛同時轉向門邊，想找出粗魯動作的元兇，但眼前的畫面卻讓他們詫異了。

因為，門口是一個身材纖細、俏生生的女孩，她靦腆的對大家笑著。

奇怪，她怎麼看都不像是會用力推門的人啊？

「小靜？」琴一眼認出門邊的女孩，正是嫻靜而聰明，有著歌唱夢想的室友，小靜。

「我……我……」小靜看到大家都注視著她，臉微微的紅了。「我收到琴學姊的簡訊，然後，我也想幫忙。」

「嗯。」琴微笑，「謝謝，先把材料放到這裡，然後我們一起來煮湯吧。」

「不是，學姊，不是的。」小靜紅著臉搖頭。

「什麼不是？」

「我拿的不是材料。」

「那是什麼……啊？」琴猛然回頭，然後她看見了那東西。

在小靜身後的，竟然是……

「我找了他，幫我把這東西給抬了過來。」小靜害羞的笑容，帶著微微的驕傲。「這個大鍋。」

是的，是一個超大的鍋，大到幾乎和小靜等高，而大鍋的兩邊把手，在下雨的夜晚，仍閃爍著驕傲的銀色光芒。

「小靜……妳好厲害，最難的大鍋，竟被妳帶來了。」琴的語氣興奮，衝上去抱住了小靜。

「不，不是，是他……他說，他在道上混得久，認識的人也多，去餐廳扛個大鍋來，其實不算什麼……」小靜被琴抱著，靦腆的說。

「他？道上？」琴的雙臂離開了小靜，笑著問。「他是誰？妳男友嗎？」

「不，他不是。」小靜搖頭，短髮如波浪般柔軟滑動。「但他說，如果是學姊，他很願意幫忙。」

「嗯，可是我好像不認識他呢，他叫什麼名字？」

「他叫做……柏。」小靜說到這，微微頓住，她發現自己將「柏」這名字告訴了學姊，這不是她自己心底的祕密嗎？

「柏嗎？好，我記住這名字了。」琴再用力一摟小靜，然後轉身，對著營隊基地裡的每個隊員們，舉起了右手。

「各位夥伴，東西到齊囉。」琴大笑著，「我們上工了！」我們上工了。

「還有十五分鐘，給我們的小隊員們，一碗最溫暖的湯吧。」

那個晚上，每個被冬雨淋到發抖的國中生們，都領到了一碗湯。每個人都在笑。

彷彿忘記剛才的寒冷似的，雙手捧著熱湯，溫暖的笑著。

而且，營隊結束，當營長要每個人寫下一件印象最深刻的事，所有的小隊員都不約而同的寫下了這樣的內容。

「湯，那是我喝過最好喝的湯了，好冷好冷的時候，大家一起喝湯，真的一點都不寂寞啊。」

時空，又回到了陰界的現在。

琴低著頭，認真的切著菜，熬著湯，她下的每一刀，攪動的每一調羹，都想著那時候的場景。

上百個人因為一通簡訊而聚集在一起，為了淋雨的國中生的溫暖而努力，如果有人問她，什麼叫做不寂寞的湯？

她肯定會說，就是這碗湯。

「好了。」她將瓦斯的火轉小，變成暖湯的文火。

「好了？」眾人一起抬頭，這時，被打開的鍋子，飄出一股清香的氣味。

「要喝的舉手。」琴端著湯，笑著走到大家面前。

第一個舉手的是小才，接著是小傑，小耗與大耗跟著舉起手來，然後是莫言微微伸出手掌，最後，橫財才一副無所謂的樣子，舉起手來。

「冷師父，請喝。」琴把湯裝好，分給每個人。最後一碗，則添上最多料，恭恭敬敬的奉到了冷山饌的面前。

冷山饌看著眼前的湯，飄著淡淡的暖氣，清澈不濁，雖非驚人的絕世極品，但肯定是一碗清爽香甜的好湯。

「雖是好湯，但我現在的舌頭……嚐得出味道嗎？」冷山饌苦笑。

「試試嘛。」琴輕輕的說，「沒味道，就當暖暖胃也好。」

「嗯。」冷山饌把手上的碗捧高，然後對著自己的嘴，緩緩傾注了下去。

所有人彷彿定格般，注視著冷山饌完成這動作。

直到冷山饌一鼓作氣喝完了湯，然後卡的一聲，把碗放在桌上。

「好喝嗎？」小才問。

冷山饌閉著眼睛，舌頭在口齒間滑動，許久不說話。

「到底好不好喝嗎？」小才再問。

終於，冷山饌開口了。

「不夠好。」

「欸？」

「湯的味道略嫌單調，食材雖然豐富，但沒有完全融合在一起，少了關鍵的媒介，也許可以是少許的鹽。切入青蔥能夠點出湯的甜味這招是不錯，但青蔥也不是整枝切入，頭較甜尾較水，妳該選擇適合的部分切入湯裡，而且放青蔥的時機也該在最後……」

只聽到冷山饌話匣子一開，滔滔不絕，不斷的說著，但他說著說著，卻發現每個人的表情都滿是詫異，盯著他看。

「幹嘛？」冷山饌皺眉。

「冷師父，你能說出這些話，難道表示您已經……」琴的語氣因為興奮而顫抖。

「我已經……啊？」冷山饌猛一醒悟，「我能嚐出味道了？」

「對！不然你怎麼知道我的湯不夠好，哈哈。」琴笑得好開心。

「我嚐得出……味道了？我的舌頭……活了？」這一剎那，冷山饌閉上了眼睛，蒼老的身軀微微顫抖著。

「恭喜你，冷師父。」琴端著湯，微笑，發自心底的微笑。

下一秒，整台車立刻歡呼起來，小才與小耗抱在一起，小傑舉起黑刀歡呼，連負責駕駛的大耗，都連按三次喇叭以示慶祝。

「極惡的入魔食物，要用極溫暖的不寂寞湯來化解。」冷山饌大笑，「果然，鈴的毒，還是要武曲親自出馬才行啊。」

「就像戰帖啊。」小才大喝了一口湯，然後握拳歡呼，「武曲琴姊才不怕鈴呢！」

眾人歡呼不斷。

正當大夥為琴的妙招感到興奮之際，在這時候，莫言卻「咦」了一聲。

「那是什麼嘿？」

1.3 毒物

「那是什麼？」莫言端著湯，眼睛往前看。

整車的人，都陷入歡愉氣氛之中，沒人對莫言的話有反應。

「冷山饌嘴邊的，那是什麼？」莫言再度重複。

「咦？」琴聽到了莫言的話，轉頭看向冷山饌的臉，只見他張口大笑的嘴邊，不知道何時，伸出了一個黑黑長長，宛如小拇指大小的東西。

那東西形狀奇特，竟像是蹼。

某種兩棲類的蹼。

「冷師父，你嘴巴裡有東西……你先別動，」琴伸出手，按住了冷山饌的肩膀。「慢慢的張開嘴給我看。」

「欸？」冷山饌一愣，接著慢慢打開了自己的嘴。

看見了他嘴裡的全貌，快餐車中原本瘋狂雀躍的眾人，竟在瞬間全部安靜下來。

因為他的嘴裡面，有一雙眼睛，與那隻蹼來自同一個生物。

那是一隻蟾蜍，黑色的蟾蜍。

牠的身軀肥厚，有如拳頭大小，正穩穩的蹲在冷山饌的舌頭上。

「啊？這是什麼？」琴愕然。

全車靜默，只有橫財發出了冷哼。

「這東西還有其他的名字嗎？當然就是鈴下毒的本體啊。」

然而就在下一秒，不，是不到一秒的時間，那隻蟾蜍忽然動了。

一聲尖銳的「咯」之後，牠跳離冷山饌的舌頭，宛如一道猝不及防的黑色電流，直接撲向了正在冷山饌面前的那個人。

琴。

「糟糕！中計了！」小傑發出大吼，「琴姊，才是鈴星真正的目的啊。」

這一刻，所有人的心跳都幾乎停止了，因為他們萬萬沒料到，鈴的詭計竟是如此多端，一層毒下面，還有另一層毒。

她真正的目的，是要逮住武曲。

這女人，會不會太可怕了啊？

琴睜大眼睛，她已經完全無法避開衝上前來的蟾蜍了，她會中毒嗎？她沒有冷山饌的道行，她會不會一碰就死呢？

她只能說，鈴這女人的心機之深，真讓同為女人的琴，自嘆弗如啊。

這可怕女人，現在究竟在哪呢？

陰界，遠處。

一個叫做格鬥塔的地方，有個穿著深色斗篷，將自己全身都裹住的人，走到了售票亭。

雖然斗篷將她的身軀包得密不透風，卻仍可從她婀娜的步伐裡，準確猜出她的性別。

女子，而且是一個儀態高雅迷人的女子。

只見她對著售票亭伸出了手，用可愛的娃娃音說道：

「我要買票，晚上的『貝比魯斯』對上『躲避人』。」

那售票人員抬頭看了那女子一眼，只是匆匆一眼，卻讓他身體震動了。

這震動，是因為他見到了他今生見過最豔麗的女人。

女子彷彿習慣了這種事，只見她淡淡買完了票，轉過身，一名男子正靠在一台金色跑車上等她。

「幹嘛？我以為妳對黑暗巴別塔這種血腥娛樂沒有興趣。」男子的頭髮染成金色，外型約莫二十餘歲，加上背後的金色跑車，一看就知道是個花心大玩咖。

「我是沒興趣，但我懷疑某個人回來了。」那女人坐上了金色跑車。

「喔？是誰？能引起我們冰山美人的興趣。」男子單手撐住車門，一躍上車。

「不甘你的事。」女子閉上了眼睛，靠上了椅背。「攀鞍星．奧迪。」

「哼，別太得意，有天我一定會把妳把到手。」奧迪轉動鑰匙，車子引擎發出充滿魄力的低沉鳴動，宛如沉睡在地底的猛獸，發出甦醒的低吼。

「嘿。」這女人眼睛突然睜開，不著邊際的說。「你知道下毒就像是什麼嗎？奧迪。」

「毒？我不知道。我又不像妳，是下毒的行家。」奧迪搖頭，「我只懂車。」

「下毒，就像是裝設炸彈，一顆炸彈裡面可以存在著好幾種炸彈，而最表面的那個炸彈……往往只是引人入洞的陷阱而已啊。」女人語氣嬌甜，但內容卻讓人不寒而慄。

「嗯？妳到底想說什麼？」奧迪皺眉。

「沒事。」女人再度閉上了眼睛，絕美的臉上，浮出一個詭異的笑。「我只是說，我現在心情很好，嘻，也許今晚我可以讓你陪我一起看黑暗巴別塔的比賽喔。」

「嘿，那可真是我的榮幸啊。」奧迪仰頭大笑，腳一踩油門，黃色跑車引擎發出咆哮。

接著，跑車的後方，出現了一條體態流線的鯊魚尾巴。

仔細再看一次，會赫然發現，這哪裡是一台跑車，這是一條金色的鯊魚，牠抖動完美且肌肉感的身軀，以深海殺手的霸氣，往前游去。

一秒內時速破百，離開了黑暗巴別塔門口，衝入遙遠的黑暗中。

鈴星．鈴

危險等級：6+
外型：絕色美女，有陰界第一美女的稱號。
星格：甲等星。
能力：「毒」。

能調製各種毒藥，並搭配各種奇異的下手方式，可大規模毒殺敵人，也可進行暗殺，宛如一名高明的炸彈設計師。

「製毒不製解藥」是鈴的原則，因為她的毒太詭異，縱使正面戰鬥並不強，仍被列為6+的危險等級，在甲等星中僅有三人以危險等級七，凌駕鈴星以上。

第二章・破軍

2.1 最卑鄙的參賽者

偌大的單人休息室中，一個男子的臉上罩著冒著蒸汽的熱毛巾，穩如泰山的坐著。

他的面前，是一名戴著白色鴨舌帽的男人，正滔滔不絕的說話。

「第五十層了。」鴨舌帽男人聲音上揚，「你挑戰黑暗巴別塔的速度，比我想像中還要快，包括音速老鬼，總共十八連勝，現在甚至有人願意下注，賭你有天可以挑戰鬥王了。」

「鬥王，不是我的目標。」聲音，從熱毛巾的下方傳了出來。「我的目標只有一個，紅樓。」

「我知道。」鴨舌帽男子微笑。「你的目標豈止鬥王而已，你要挑戰的是十四主星之一的廉貞星，對吧？柏。」

柏。這個正用熱毛巾敷臉的人，是柏？

那個因為一場黑幫暗巷互毆，而被「廉貞」邪命莫名拖入陰界的打手，柏？

如今，他已經在黑暗巴別塔創下罕見的十八連勝，要挑戰第五十層了。

「阿歲，今晚，我要對誰？」柏仍沒拿下毛巾，戰鬥前，他喜歡在自己臉上鋪上熱毛巾，這能讓他精神更為集中。

阿歲，也是一百零八星中的一顆，丁級星，歲建。

他曾是黑暗巴別塔中一名耀眼的挑戰者，但最後卻被鬥王一拳擊敗，從此之後，他明白了自己的極限，不再當一個鬥者，而選擇當一名經紀人，專門訓練鬥者的經紀人。

柏，就是阿歲一手培育的鬥者，更是他眼中最有潛力的超巨星。

「今晚的對手，算有點名氣。」阿歲從口袋抽出一台黑色的手機，上面刻著「愛瘋」兩字，寬大螢幕中秀出了這次的賽程表。「陰界科技和陽世同步，都非常便利，要看賽程都隨時可上網觀看。」

「嗯，阿歲，你在搞置入性行銷嗎？快點告訴我，這次對手的情報。」

「嘿，難得讓我耍帥一下嘛。」阿歲扶了扶白色鴨舌帽，「貝比魯斯，生前是大聯盟最偉大的打擊者，曾經創造無人可及的全壘打紀錄，但他卻因為一個詛咒，而掉入陰界……」

「詛咒？」

「有名的『貝比魯斯』詛咒，原本是紅襪隊員的他，因為被紅襪賣出，而回過頭詛咒紅襪，從此紅襪以超級強隊之姿，卻連續數十年沒拿過冠軍。所謂的詛咒這東西是一種雙面刃，詛咒會傷害紅襪，就會反過來傷害施咒者……」阿歲聳肩，「於是，他進入了陰界，變成了一個扭曲的魂魄。」

「詛咒纏身，所以他很厲害？」

「厲害。」

「那他和紅樓邪命比呢？」

「他的厲害，只是一個屁。」阿歲搖頭。

「哈。」柏忽然起身，用力扯掉了熱毛巾，露出了他剛毅的臉。「這樣就夠了。」

「喔？」

「是屁，就該讓他消散，不是嗎？」柏一笑，伸手推開了休息室的門，門外刺眼的比賽燈光，穿過門縫射了進來。

阿歲看著柏的臉，這一剎那，他忽然有種怪異的預感，今晚這場比賽，肯定有種特殊的意義。

要被啟動了，命運之輪。

就在這場比賽之後。

比賽會場上，人潮正不斷的湧入。

第五十層的比賽，所使用的場地之大，已非當時第一、二層的時候可以比擬。

這是一個能裝下數千名魂魄的大場地，四周都有巨大的螢幕，螢幕會播放出每場戰鬥的每個細微角落。

而畫面更隨時切換到現在累積的賭金金額，刺激現場觀眾的情緒，挑逗著戰局的發展。

這是柏第一次踏入這裡。

他的比賽被安排在今天的第一場，通常在一日賽程裡面，第一場比賽有個特殊的意義，叫做「暖場」。

一般是安排很有潛力的新星格鬥，刺激度雖高，但稱不上真正的大賽。大賽，就跟在暖場的後面。

柏注意到他第二場比賽的人，是人稱現任的黑暗巴別塔最強挑戰者，最能威脅鬥王的男人，混世魔王。

據說，混世魔王在前幾世曾轉世到陽世，在陽世恰逢明末清初亂世，他率領山匪四處屠殺，大展魔王本性，葬送了百萬條人命到陰界。

從此，殺人過多的他進了陰界，滿身渾厚陰氣，就算沒有星格，也能輕易宰殺丙級星等級的高手。

他在陽世的名字，姓張，名獻忠。

按照大賽規定，混世魔王如果贏了這場，接下來就是直接面對鬥王了。

比賽開始，暖場的戰鬥先登場。

主持人以麥克風瘋狂吼出，「歡迎紅色角落的，躲避人登場！」

柏一步一步踏上了戰鬥台，而他身後依然是朝他亂扔的賭券，以及惡毒的謾罵。

「躲避人，去死吧，你害我輸了好幾百萬，我就不信你這次不會死在這裡！」「躲避人，貝比魯斯是七十層的鬥者，在他手下魂飛魄散，你要感謝閻羅王啦！」「去死啦，躲避人。」

柏不管背後那些紛擾的聲音，依然一個人默默走上了戰鬥台，角落裡，站著他唯一的夥伴。

阿歲。

「別管那些言語，他們很多都是貝比魯斯刻意安排來羞辱你的。」阿歲小聲的說。

「我知道，我在陽世從小聽到的話，比這些都還難聽一百倍的都有。」柏閉著眼睛。

柏的陽世歲月，很小就失去了雙親，全靠奶奶一手拉拔大，他不怕謾罵，因為他早就聽過比這些更惡毒的耳語，那些國小學生的耳語。

「這樣很好。」阿歲上前拍了一下柏的肩膀。「貝比魯斯的戰鬥相當卑鄙，要特別注意。」

「嗯，放心。」柏微微一笑，論卑鄙，陽世黑幫的仇殺，可一點都不遜於這裡呢。

就在柏與阿歲對話的同時，對面休息室的門砰的一聲被打開了。

一個穿著棒球服，身高至少三公尺，皮膚黝黑，露出雪白牙齒，陽光的棒球巨人出場了。

貝比魯斯一出現，觀眾立刻瘋狂鼓譟起來。

「貝比魯斯，給躲避人死啦！」「貝比魯斯，一定要耍賤啊，就像在地獄列車一樣！」「你真是壞人的榜樣啊，貝比魯斯！」

貝比魯斯在觀眾的簇擁上，爬上了戰鬥台，然後對柏露出雪白牙齒的微笑，伸出了手。

「這位好朋友，躲避人，今天晚上的戰鬥是一場君子之爭。」貝比魯斯伸著手，等著柏的握手。

「嗯。」柏皺眉，手也隨之伸了出去。

可是才一握緊，柏的眉頭就用力鎖了起來。

因為他發現，自己的掌心一痛，對方竟在掌心中藏了針。

「君子之爭，沒，問，題。」柏臉色一沉，他的手不但沒有放開，反而更加收緊，讓貝比魯斯連想抽手都抽不走。

「呃。」貝比魯斯只覺得手心一痛，對方的握力竟然如此驚人，彷彿不怕掌心利針似的，不斷的往內擠壓。

擠壓。

再擠壓。

壓到貝比魯斯的額頭全部都是冷汗，手骨發出餅乾碎裂時卡卡的怪響。

「對，這，是，君，子，之，爭。」柏冷笑，終於，他鬆開了手。

然後，他緊握著拳頭，離開了戰鬥場的中心，回到了自己的角落。

阿歲急忙打開柏的拳頭，發現裡面鮮血淋漓，幾個大洞，不斷湧出紅色的血。

「你瘋了嗎？雖然陰魂沒有肉體，但你這隻手被這樣一搞，今晚肯定廢了。」阿歲急忙用紗布纏住了柏的右手。

「一物換一物，貝比魯斯的手也完了。」柏看著纏在手上的紗布，臉上淡淡的冷笑。

「呃。」阿歲抬頭，果然看到貝比魯斯表情痛苦的握著自己的右手，從五指軟軟下垂的樣子來看，手骨恐怕斷得差不多了。

「放心，黑幫的生存方式。」柏起身，同時間現場傳來一陣鈴聲，這是比賽開始的鈴聲。

「我可是了解得很。」

在「噹噹噹」的鈴聲催促下，主持人的聲音透過廣播器，在千人的會場上放送。

「今晚，擔任暖場比賽的是『貝比魯斯』與『躲避人』，躲避人創下連續二十二場未被擊中的紀錄，堪稱最會躲、最會閃、最沒有膽子的廢物鬥者，但這樣的廢物，卻打到了五十層，這樣可恥的事情，當真發生在我們黑暗巴別塔上嗎？」

柏慢慢走到了戰鬥台的中心，這裡是一個類似拳擊場的平台，平台上空無一物，只有四周用繩子圍起。

「可恥的對手，需要黑暗巴別塔認真對付，貝比魯斯！這位曾經打到黑暗巴別塔第七十層的卑鄙小人……不，是高手，生平最大的戰績，是在地獄列車事件上伏擊埃及古神阿努比斯，那根曾打中阿努比斯頭顱的棍子，還以一億四千萬元在『陰界黑市』被賣出。」

貝比魯斯在自己粉碎的右拳上，套上了一個鋼罩，帶著狠勁踏上了戰鬥台。

「讓我們歡迎今晚的暖場對決，貝比魯斯 vs. 躲避人。」主持人說完，用手敲了一下鐘。

鐘聲還沒響完，貝比魯斯就突然跳起，雙手握著巨大的球棒，由上而下朝著柏的腦門劈下。

「偷跑啊。」柏仰頭，看著貝比魯斯跳上了高空，巨大的身體與上方的聚光燈，融為一體。

上方的聚光燈直射，刺眼得讓柏完全睜不開眼睛。

一旁的主持人興奮大吼，「出現了，貝比魯斯的絕招，消失在天際的偷襲，躲避人會被這招給幹掉嗎？」

聚光燈刺眼，但柏只是淡淡冷笑，因為對他來說，分辨敵人的攻擊方向，向來不是靠視覺。

而是感覺，風。

柏仰著頭，他可以感覺到一股飽含殺氣的風，正朝著他腦門直衝而下。

「你太淺啦。」柏腳步一晃，側過半個身子，已經避開了這股風。

只是，柏的腳步卻在這一剎那間遲疑了。

因為，風有了變化。

不合理的變化。

風先分成了兩股，再分成了四股，前後左右，徹底封鎖了柏的退路。

「糟。」柏的腳步已經跨出，動作已經完成，根本無法跟上這完全不合理的變化。「一個人一股風，為什麼會出現四股？」

柏還來不及細想，瞬間右肩、左膝兩處一陣劇痛，更傳來被硬球棒擊中關節時，所發出清脆的碎裂聲。

柏痛到單膝跪地。

他眼前，是剛剛落地的貝比魯斯的雙腳。

柏抬頭，見到貝比魯斯那充滿陽光氣息的臉，正在獰笑著，而他手上巨大的球棒則高高舉起，「躲避人，我還以為你多會躲哩？」

「一分四？」柏瞪著貝比魯斯，「你偷偷搞鬼。」

「搞鬼？廢話，我們不都是鬼嗎？」貝比魯斯大笑，手上的球棒，已經夾著雷霆萬鈞的氣勢，朝著柏的背部，狠狠地擊了下去。

此時，滿滿的觀眾席上，有兩個人正低語聊天。

其中一個年紀約莫二十幾歲，一頭耀眼金髮，正是開著金色跑車的攀鞍星·奧迪。

「水準好低的打鬥。」奧迪滿臉不屑，「鈴，我和妳說，看這樣低水準的比賽，還不如去看陰界的F1賽車，那是挑戰極限速度的比賽，更重要的是生死一瞬間，只要一個閃神，就是車毀人亡。」

旁邊的女子，雖然藏身斗篷內，卻藏不住她一雙流光柔媚的眼睛。

她就是鈴？那個以毒為武器，佈下層層陷阱，要毒殺武曲的絕世美人？

「哼，老是看車子撞來撞去，才不好玩。」她瞇起眼睛，「奧迪，你覺得貝比魯斯絕招的祕密是什麼？」

「哪有什麼祕密？不過就是躲到戰鬥台上的聚光燈裡面，掩飾他的攻擊而已。」奧迪滿臉不屑。

「我不這樣想哩。」鈴嘴角輕揚，「你看，戰鬥台的四周，都有觀眾拿著反光鏡的東西，他們在幹嘛？」

「拿反光鏡？」奧迪一愣，凝神看去，果然在戰鬥台周圍的觀眾，隱藏著幾個手拿反光鏡的人物。

他們似乎在等，當貝比魯斯跳上天空，他們就會拿起手上的反光鏡，一起照向躲避人。

「奧迪，你覺得他們在幹嘛？」

「還用猜嗎？他們要奪走躲避人的視覺，強化聚光燈的效果。」

「是，若只是一招利用聚光燈隱藏身體的絕招，為什麼要另外加上這機關？」鈴臉上是興趣盎然的笑。「貝比魯斯，這個卑鄙小人的典範，他到底隱藏了什麼？」

「嗯。」奧迪摩挲著下巴，點了點頭。

雖然他還是覺得這比賽的水準很低，若他出手，貝比魯斯的絕招再陰險，他只要啟動他的「技」，一百個貝比魯斯都會被碾成肉醬。

但他突然好奇起來，這個躲避人，究竟能否識破貝比魯斯的賤招？

「你能嗎？躲避人。」鈴雙手撐住下巴，甜甜的笑著。「你能識破這小伎倆嗎？若不能，那你和我心中的『他』，就是天壤之別了，到時候別怪我……」

「別怪妳?」奧迪好奇的問。

「躲避人,因為你讓我失望了,所以別怪我……」鈴笑了,美麗到令人失神的笑。「親自下手毒殺你。」

砰的一聲巨響,貝比魯斯的球棒,落在戰鬥台的台上,棒頭直陷入地板中。戰鬥台上。

而一旁的柏,則在千鈞一髮之際,避開了這擊。

「好一個躲避人。」貝比魯斯的球棒再舉,再落,再舉,再落,不斷追著柏的身影。

雖然此刻柏的右腿和右臂都已經受傷,但畢竟擁有感受風的能力,只見他左閃右躲,無驚無險的避開了貝比魯斯的球棒。

「這麼會躲啊?」貝比魯斯冷哼一聲,「是你逼我的,逼我再出一次絕招。」

「來啊。」柏摀著自己的傷口,這正是他所希望的,讓貝比魯斯再出一次絕招,要破解四股風的祕密,唯一的方法……就是再看一次。

套句以前柏最愛的一部漫畫《聖鬥士星矢》裡的話。

「同樣的招數,對聖鬥士沒用。」

只要再看一次,就一定能破解「一分四」的祕密。

「找死啊啊啊啊！」貝比魯斯發出咆哮，然後球棒猛力往地面敲下，隨著戰鬥台地面的搖晃，貝比魯斯已經躍上了高空。

然後，整個人融入在聚光燈強烈的光線之中。

而柏閉上了眼睛，他專注的感受周圍氣體的流動，將敏感度提升到最極限。

不只是貝比魯斯的風，他甚至可以感覺到阿歲的風，上千名觀眾的風，或強或弱，或耀眼或黯淡，就像是凝視一大片的夜空，每個人都像是一顆星星，在寬闊的夜空中閃爍。

只是瞬間，柏感到平靜的心微微擾動了一下。

因為，在這片星空中，有一枚星星特別耀眼。

不，與其說是耀眼，不如說是兇猛。

這人很強，非常強，在柏的記憶中，只有邪命還在她之上。

但這星星似乎也察覺到自己被柏捕捉到了，輕輕一笑，隨即就將自己的風給壓抑住，隱沒在一片無垠的夜空中了。

「還有高手啊？這人似乎是一個女生，而且……還似曾相識？」柏自言自語，但立刻就收斂了心神。

他的對手，現在正在這個戰鬥台上。

而就在這一剎那，貝比魯斯的風，又分裂了，分成了四股。

朝著柏的前後左右猛撲而來。

「一個人一股氣，會出現四股氣，原因只有一個。」柏閉上了眼睛，他忽然笑了。「貝比魯斯，我知道你很卑鄙，但沒想到你卑鄙成這樣？」

然後，柏不顧包圍而來的四股風，只將力量全部灌注在左手上，專注的朝其中一股風，狠狠地揍了下去。

其他三股風，擊中了柏的身體，左肩、右腿、左腿，三根球棒齊下，表示三根斷裂的骨頭。

但第四股風，卻因為柏的這一拳，狠狠地往旁邊飛去。

劇痛灌滿了柏的全身，但這一拳過後，卻讓原本喧鬧的會場，瞬間靜默下來。

因為怪事出現了。

貝比魯斯，有兩個。

一個重擊了柏之後，拿著球棒，宛如凶神惡煞的貝比魯斯。

另一個，則是被柏一拳揍飛，躺在戰鬥台上抽筋的貝比魯斯。

「怎麼回事？」主持人的聲音，響遍整個會場，「為什麼……會有兩個貝比魯斯？」

會場則響起了細碎的討論聲，「兩個貝比魯斯？」「聽說分裂是一種超高級的技，難度很高，只有黑白無常會欸，貝比魯斯有這麼厲害嗎？」「貝比魯斯沒有半點星格，應該不會分裂吧？」「那他究竟搞了什麼鬼？」

柏全身是傷，慢慢的走到了躺在地上貝比魯斯的旁邊，他嘴角冷笑。「你們共有四個，你是其中一個吧？」

躺在地上的貝比魯斯挨了柏全力一拳，手臂撐了幾下，卻沒把身體撐起來。

「讓我猜猜，你的真面目是什麼吧？」柏一笑，拳頭高舉，猛力往地上貝比魯斯的臉，狠揍了下去。

「不要！」另一個貝比魯斯發出怒吼，手上的棒球棒追了上去。

但慢了一步，柏的拳頭，已經揍上了倒地的貝比魯斯的臉。

碎了。

臉竟然碎了，像是陶瓷一樣碎開了。

陶瓷碎盡，裡面是一張和貝比魯斯截然不同的臉。

「這是誰？」主持人的吼聲，在會場中迴盪著。「假的貝比魯斯？難道是……」

「還用說嗎？」柏不理一旁站立的貝比魯斯，轉身就朝自己的角落走去。「這個貝比魯斯，說是只有一人，其實是四個人組合在一起的。」

同一時間，黑暗巴別塔的管理人員衝上了戰鬥台，抓住站立的貝比魯斯，將衣服用力一撕，啪的一聲，貝比魯斯的身體內滾出了三個人。

四個人，其中三個戴著陶瓷面具，只有一個是真的貝比魯斯。

「四打一，這就是貝比魯斯『消失在天際的偷襲』的祕密嗎？」主持人吼著，「現在黑暗巴別塔的管理單位已經介入調查，並決定是否要繼續這場戰鬥。」

比賽暫停，柏在阿歲的攙扶下，回到角落坐好，他連續中了七八下重擊，受的傷極重，全靠他堅強的意志，才識破貝比魯斯的詭計。

精疲力竭的柏，閉上了眼睛小憩，耳邊則傳來阿歲的聲音。

「柏，要小心，戰鬥可能還沒有結束。」

「嗯？」柏睜開眼睛，「為什麼？他四打一，這算是嚴重犯規啊。」

「別忘了，這裡可是陰界，這裡可是黑暗巴別塔啊。」阿歲語氣憂慮。

「所以？」

「黑暗巴別塔，誰管你什麼公平？這裡可是以『錢』為優先的惡劣戰場啊。」

「嗯？」柏抬起頭，因為他又聽到了主持人的聲音，而且，竟是這樣說的……

「各位，現在請注意螢幕。」主持人語氣中帶著笑。「這裡有兩個選項，各位，請你們用手上的錢，來決定……這場比賽是否要繼續吧！」

柏的眼睛轉向牆上的大螢幕。

螢幕上，有兩個選項，選項下面則是累積的金額。

第一選項，貝比魯斯犯規落敗，躲避人獲得勝利，讓這場比賽就這樣無聊的落幕吧。

金額：？？

第二選項，貝比魯斯原本就是卑鄙小人，卑鄙一點又有什麼關係？我想看到躲避人被活生生打死！金額：？？

柏見到螢幕的選項，不禁失笑。

「見鬼了，這就是陰界？」

而且，第二選項的金額，正瘋狂的往上累積，轉眼間破了十萬，而第一選項則還在一兩千元附近猶疑。

這一兩千元，還是歲建掏腰包下去賭的。

「太慘了，還要打啊。」阿歲拚命治療柏的傷口，他將所有可以用的治傷藥都倒上了，「你現在全身上下都廢了，再上場，真的會被貝比魯斯活活打死啊。」

倒是柏，一句話都沒說。

他只是再度閉上了眼睛。

經驗告訴他，如果上場，有九成九他會死。

貝比魯斯的球棒威猛，每一下都痛快的消耗著他的魂魄，只要再一下，他的魂魄就無法維持固定的形體，也就是所謂的魂飛魄散。

但奇妙的是，他不怕。

他內心有種預感，若他再次站上戰鬥台，魂飛魄散的，不會是他自己。

經驗告訴他會死，但預感告訴他會活，柏比誰都清楚，這時候，預感往往是正確的。

只是柏卻不敢肯定，他自己真正的力量覺醒，打贏了貝比魯斯，究竟是吉？還是大凶？

螢幕上，金額還在跳動。

第二選項已經衝破了百萬，而第一選項還在三千元附近徘徊。

大勢，幾乎底定。

嗜血的巴別塔觀眾們，要的是躲避人的命，他們要看到這個靠著閃躲一路走到這裡的躲避人，變成戰鬥台上的一攤爛血。

只是，就在這時，觀眾席上的那兩個人再度低語。

「奧迪，借我點錢吧。」鈴手托著下巴，轉頭對奧迪溫柔一笑。

「鈴美女和我借錢，是我的榮幸啊。」奧迪看到鈴的笑容，整個人是爽得暈頭轉向，「妳是看上哪個寶物？二十克拉血鑽石？深海巨珍珠？一百萬夠不夠？」

「我要一億。」

「啊？一億？」奧迪一愣。

「怎麼？沒有嗎？」鈴媚眼看了奧迪一眼，「我撥個電話，幾百億都沒問題，只是你剛好坐得近，就順便和你借了。」

「當然，是有啦，」奧迪擦了擦冷汗，「好歹我也收藏了不少名車……」

「那就拿出來吧。」

奧迪嘴巴碎碎唸了兩句，然後從懷中拿出卡片，閃亮的五顆鑽石，他是與莫言同等級的五星卡。「要幹嘛？」

「刷下去。」鈴的纖細手指比向了螢幕。

「咕嚕。」奧迪用力吞了一下口水。「刷哪個？」

「一。」鈴輕輕的說了，「刷爆選項一吧。」

柏的眼睛睜開了。

睜眼的原因，是因為會場突然出現瘋狂的驚呼。

這驚呼，起因是螢幕上數字出現的驚人變化。

原本只有兩三千元的第一選項，尾數剎那間衝出了八個零。

「個、十、百……百萬、千萬、億？」主持人聲音乾啞，「有人希望比賽結束？賭了一億？」

一億元的威力太強，完全壓倒了第二選項累積的百萬元，勝負在這一刻已經定了。

「賭局結束，唉，有人花了一億元，買下了躲避人的命，真討厭。」主持人的聲音難掩惆悵，「他逃過了一劫，沒關係，他活不過下一場的。各位賭徒，下次請早啊。」

這場比賽結束得突兀，憤怒的觀眾撕碎了賭券，扔滿一整個戰鬥台。

這時，在觀眾席的奧迪忍不住開口了。

「為什麼救他？」奧迪嘟嘴。「花了一億元救了一個只會逃避的廢物？」

「你搞錯了，今晚逃過一劫的，應該是那個卑鄙的貝比魯斯喔。」鈴手托下巴，笑著說。

「咦？」

「躲避人，你現在覺醒還太早了，因為這個陰界要你命的人，太多了。」鈴笑得好甜，甜到讓一旁奧迪看傻了眼。「我就用這一億元，讓你暫時喘口氣吧。」

「不懂不懂，什麼覺醒？什麼喘口氣？」奧迪搔了搔頭。

「嘻，不懂沒關係啦，現在我們要去做一件事。」鈴優雅起身。

「去哪？」

「既然已經確定『他』回來了，那就徹底斬斷另一個足以和『他』爭奪天下的……『她』吧。」

「啊？」奧迪臉上的表情越來越困惑。「他？她？妳在打啞謎嗎？」

「嘻，我說過這些事你不用懂啊，就乖乖跟著姊姊走吧。」鈴姿態婀娜的踏過滿地的賭券，朝著門口走去。

「是……呸呸，什麼姊姊？我說過，總有一天，我會把到妳，我一定會做到的！」

「嘻。」鈴走到門口，回眸看了角落的柏一眼。「別太急喔，十四張王牌還沒全部打開，尤其是在七殺星露面之前，越早掀開底牌的，就越危險啊。」

黑暗巴別塔附近，牛肉麵館中。

這間牛肉麵店，是柏與阿歲初次相遇的地方，更是他們後來每次打完一場仗之後，聚會的地方。

「麵來了，牛肉麵加麵，不辣，這是柏的。」老闆娘雖然身材有些發福，卻是徐娘半老風韻猶存，她將手上的牛肉麵，輕輕放到柏面前。

然後另一手的麵，砰一聲用力放在阿歲面前。

「這你的，牛肉麵，特辣，酸菜多一點。」

只見阿歲看了一眼自己的麵，張嘴大嚷起來。「喂，怎麼回事，我們麵裡面的肉怎麼差這麼多？柏那碗裡面，滿滿都是肉？我怎麼才兩塊肉？」

「你當然兩塊啊。」老闆娘雙手扠腰。「你又沒有下場打架？柏和貝比魯斯生死搏鬥欸？你呢？」

「可是……」阿歲搔了搔頭，「可是我有替他加油……」

「所以兩塊啊。」老闆娘哼的一聲，「不然一塊都沒有了。」

「哼。」阿歲遇到老闆娘，彷彿碰到了剋星，只能低下頭，默默的開始嗑麵。

老闆娘則轉頭看向柏，「那時候我有上黑暗巴別塔網頁，賭上選項一，希望比賽結束，呵，那場比賽，你打得精采。」

「謝謝。」柏一笑，看著老闆娘和阿歲兩個魂魄年紀相近，彼此吵嘴，給他一種奇妙的溫馨感。

這陰界，暴力與瘋狂之餘，似乎仍存在著與陽世相同的感情呢。

「不過，令人好奇的是，最後的一億到底是誰出的呢？」老闆娘右手撐住下巴，「柏，你是認識什麼權貴嗎？出得起一億元？」

「我怎麼可能認識？」柏搖頭，這一秒，他想到會不會是曾幫他逃跑的「天馬」，但隨即就否定了這個答案。

天馬進入陰界的時間與他相同，不可能短時間就擁有這麼驚人的財富。

所以幫他的，另有其人。

難道是柏曾經搜尋到的「那顆光芒猛烈的星星」嗎？

「咦？柏，你表情有點奇怪，你想到誰了嗎？」老闆娘觀察仔細，追問道。

「不，沒事。」柏笑著搖了搖頭，「我只是覺得，陰界之中，真是臥虎藏龍啊。」

「是啊，這就是陰界最有趣也最可怕的地方啊。」阿歲吃了兩口麵，抬頭說。

「嗯。」

「對了，慶祝我們打敗貝比魯斯，今晚我帶你去一個地方開心一下吧。」阿歲說。

「哪？」

「陰界人最愛的享樂有兩個，一個是美食，另一個則是音樂。」阿歲挾起了一條麵，得意的笑。「而音樂，還是陽世的好啊。」

「音樂？」柏吸起了一大口麵，說到音樂，他只會想到一個人。

那個以音樂為夢想，沉靜但勇敢的女孩，小靜。

她，現在在哪裡呢？

2.3 巫婆的魔術湯

陽世，小靜。

她站在電視台光亮的燈光下，凝視著這場轟動全國的歌唱比賽，如今終於進到了前三十強。

按照比賽規則，接下來的每場比賽電視都將進行轉播，而為了提升比賽的刺激性，主辦單位更設計了一連串別出心裁的比賽項目。

包括各種類型歌曲的選唱，臨場發揮的即時點唱，甚至是和大牌明星的兩人對唱。

這些比賽，不僅挑戰著參賽者們的嗓子，更進一步考驗著參賽者的抗壓性，畢竟演藝圈的壓力不是一般人可以承受的。

如今，小靜終於踏上了這最後三十強的殘酷舞台。

在人來人往的參賽者中，在孤單的歌唱旅程裡，她唯一的依靠，只有那支被她緊緊握住的粉紅色手機。

手機裡面，那來自柏與學姊給她的簡訊，是她朝夢想前進，最大的動力。

「我沒放棄夢想喔，我會堅持下去喔。」小靜閉著眼睛，宛如禱告般喃喃自語著，「那你們呢？」

進入三十強的第一場比賽，叫做「雙人合唱」。

三十個人共分成十五組，選一首歌兩人合唱，要藉由合唱的過程，展現自己的歌喉，以及團隊的默契。

畢竟唱片界嚴苛且多變，也許哪一天，唱片公司要你和別人組成團體，所以「合唱」變成最基本的能力。

這一次抽籤，小靜抽到了第八組。

而與她同組的也是一個女生，蓉蓉。

一個穿著時髦，打扮亮眼的辣妹，與小靜那種「乖乖女」的氣質截然不同。

「嘿，我們同組欸。」蓉蓉搖著自己的抽籤條，對小靜微笑著。

「嗯！」小靜害羞點頭。

「妳有想唱什麼歌嗎？」蓉蓉問。

「目前還沒想到。」小靜搖頭，她記得蓉蓉的歌路與自己很不相同，她是狂野中帶點沙啞的嗓音。

簡單來說，就是「很爵士」的歌聲。

要怎麼和小靜自己的歌聲組合?的確很傷腦筋。

「嗯，妳也想不出來嗎?既然這樣，妳可以和我去一個地方嗎?」蓉蓉拉起了小靜的手。

「啊？」

「那是我的祕密基地，每次我想不出未來該怎麼辦，我就會去那個地方，因為那裡會給我很多的靈感喔。」蓉蓉的語氣慢慢揚起，小靜可以感覺到她的興奮。

「真的嗎？好棒，那我也要去。」小靜被蓉蓉的語氣感染，嘴角也揚了起來。「那裡究竟是哪呢？」

「那是一家 Pub，位在西街，」蓉蓉眼睛眯起，「就叫做『巫婆的魔術湯』。」

陰界。

柏喝完了眼前這碗牛肉湯，咂了咂舌。

「百吃不膩，老闆娘的牛肉麵真是好吃。」

「這就是功力啊。」老闆娘單手扠腰，「阿歲，你要帶柏去哪？」

「一個隱密的地方，知道那裡的魂魄還不多，但我保證品質極佳。」阿歲豎起大拇指。

「喔？哪裡呢？」柏微微一笑，他對音樂的感受力向來不強，直到認識了小靜，才聽了一些不同類型的音樂。

「音樂區和美食區一樣，都是政府規定的非戰區，我們要去的地方在西街……」阿歲得意的笑著，「就叫做『巫婆的魔術湯』。」

陽世的西街，柏對這裡有印象。

這裡是年輕人的流行聖地。

這裡有最新潮的服飾風格，最前衛的打扮藝術，最高明瘋狂的舞團，同時也有最頹靡的生活，最混亂的男女關係，而之所以能夠同時容納這些衝突的元素，是因為西街具有最寬闊的包容性。

所以，才能培育出最燦爛的流行種子，尤其是音樂，這裡更是精粹的發源地。

柏會知道西街，原因則是小狂。

小狂這個打架像發狂一樣的男孩，其實談到流行，倒有幾把刷子，他全身上下的行頭，聽說就叫做潮男。

按照他的說法，在他暗戀檳榔姊妹花之前，他也曾是西街千人斬。

那時，柏因為認識了小靜，開始對自己的服飾感到煩惱，就是靠小狂出手替他整裝，而小狂就是帶柏到西街這裡來。

「柏老大，你需要的是一件戰袍。」小狂雙手插在口袋，左顧右盼的走在西街。

「戰袍？」

「有戰袍，才能馴服馬子啊。」小狂笑得好得意。「老大，這是你的初戀吧？」

「嗯，什麼初戀，這不是戀愛。」柏皺眉。

「別害羞啦老大，放心啦有我在，我包你在三天內將她把到手，看你要一壘打？二壘打？三壘打？甚至全壘打都沒問題啦。」

「我呸。」柏用手掌啪的一聲，用力甩了小狂後腦杓一下。「你給我放尊重點。」

「喔喔喔。」小狂往前跌了兩步，才摸著頭，苦笑，「很痛哩，老大。」

「小靜是好女孩，別這樣亂說。」柏冷冷的說，長年幹架的他，體型威武，此刻的他只穿著輕便的背心，更凸顯了他雙臂充滿力量的肌肉紋理。

也吸引了西街不少少男少女的目光。

小狂注視著柏的眼神許久，突然咧嘴笑開。「老大，原來你認真了囉。」

「認真什麼？」

「嘿。」小狂沒有繼續說，雙手插在口袋裡面，吹了一聲口哨。「認真談戀愛啊，以我西街千人斬的眼光看來，絕對不會有錯的，當世間的癡情男女陷入了愛河，就會變成這副模樣啦。」

「你在說什麼屁啊，她不過是我認識的一個女生，還在念書，什麼社會險惡都沒經歷過。」柏雙手插在口袋，「她和我們不一樣，她很單純。」

「愛情無國界啊，呵呵，不聽千人斬言，吃虧在眼前。」小狂話題一轉。「對啦，老大你把到那正妹以後，會想定下來嗎？」

「定下來？」

「就是結婚啊，或者是離開黑道之類的。」

「你瘋了啊，會不會想太遠啦。」柏的手再舉起來，但這次卻沒真的打下去，只是嘆了一口氣。「更何況幹我們這行的，也不知道明天在哪，談什麼定下來？」

「嗯，那這樣吧老大，我們來個約定。」小狂嘻嘻的笑著。

「什麼約定？」

「老大，如果我們之中有天誰掛了，剩下的一個就負責照顧另一個的馬子。」小狂推了推柏的肩膀。

「神經，」柏再給了小狂後腦一下。「你打架不要那麼瘋狂，就不會老是掛彩了。不會送命的啦，我們是黑道打架，打不過就跑，又不是戰爭，不會死的。」

「真的啦，老大，答應我啦。」小狂雙手合十。「拜託。」

「屁啦，你馬子自己照顧。」

「老大……」

「別把自己講得好像一定會掛。」

「老大，拜託……」

他倆的背影逐漸縮小在熱鬧繁華的西街裡，其實，柏的嘴巴雖然不認，但心裡卻早已接受了這個約定，他會照顧兄弟的馬子。

只是柏萬萬沒想到的是……一年後，與馬子陰陽永隔的人，不是小狂。

而是柏他自己。

陰界，西街。

「幹嘛，做白日夢啊，柏。」阿歲碰了柏的肩膀一下。

「沒。」

柏站在「巫婆的魔術湯」之前，默默的搖了搖頭。

「巫婆的魔術湯」隱身在熱鬧繁華的西街之中，它是一間位在地下室的Pub，外表只有一個古老的木頭招牌，若不是阿歲帶路，柏還真的找不到。

「陰魂熱愛美食和音樂，但好的音樂不好找。」阿歲語氣中難掩得意。「這裡可是一塊罕為人知的寶地。」

「喜歡音樂，去買CD不就得了？」柏看著阿歲。「還是說，陰界沒賣CD這種東西？」

「CD當然有啊，陰界和陽世的科技可是同步的，畢竟靈魂是一直在流動的，像諾貝爾得主來到陰界，也會把他們的科學貢獻用在陰界一樣。」

「那為什麼不聽CD？」

「不能這樣說，感受不同啦。」

「感受不同？」

「你聽聽就知道了，好嗎？」說完，阿歲推開了Pub的門。

門打開的一剎那，柏赫然發現，他的雙腳竟像是被釘住一樣，完全動彈不得。

因為，他感覺到，音樂來了。

活在陽世二十餘年，柏並不是未曾聽過音樂的人，但他從不知道，原來音樂可以這樣「真實」。

迎面而來的，不只是頻率與聲調的組合而已……而是密密麻麻，在空中飛舞的音符泡沫。

細細小小，透明的音符泡泡，在碰到柏身體的瞬間，輕輕破開。

一破，隨之而來的，是一種如同觸電般酥麻的震動。

柏無法動彈，原來這就是音樂，是陰界魂魄聽到音樂時的震撼。

「動不了，對吧？」阿歲嘻嘻一笑，「在陰界，第一次聽到好音樂都會這樣啊。」

「為什麼……」柏深吸了一口氣，「會這麼……真實？」

「因為好的音樂，具有震撼靈魂的力量，」阿歲笑，「而還有誰比我們陰界，就是脫掉軀殼的靈魂，能更直接的感受音樂？」

「陽世的音樂，全部都這麼厲害嗎？」

「才怪，萬中無一，好嗎？」阿歲大笑，「只有極少數的歌者擁有這樣的力量，這間Pub剛好有一個，這樣的歌者現在就算不紅，未來有一天也一定能成功的，畢竟，還有什麼比魂魄用靈魂聽音樂更準？」

「是喔。」

「根據祕密情報，這女孩今天還帶了另一個女孩來，嘻嘻。」阿歲說，「而且陰魂們在說，另外一個似乎更會唱喔。」

「嗯。」柏感受著迎面而來的音樂泡泡，隨著阿歲一起走入了Pub。「你說那個Pub的女孩，叫做什麼名字？」

「她啊，只有陽世的名字……」阿歲說。

「嗯。」

「他們都叫她，蓉蓉。」

陽世。

小靜隨著蓉蓉，一同走過西街的街道，然後穿過往下蜿蜒的樓梯，到達了這家 Pub「巫婆的魔術湯」門口。

「歡迎光臨我的祕密基地。」蓉蓉一笑，推開了門。「巫婆的魔術湯。」

小靜等了幾秒，等到眼睛適應眼前晦暗的光線後，才踏入其中。

這裡的天花板吊著上百盞夜燈，讓人宛如置身於滿天星子的夜空下，燈光下擺著幾張大木桌，木桌下有好幾群人正大聲喧鬧著。

他們喝酒、聊天、大笑，不時把目光移向木桌的最前方，那是一個小舞台，小舞台上擺著一整套音響和樂器，舞台中心則是一根直立式麥克風。

燈光打在直立式麥克風上，彷彿在召喚著各方音樂高手上台。

「這裡有音樂表演？」喜愛音樂的小靜眼睛微微一亮，問蓉蓉說。

「當然，妳以為我會帶妳到隨便的地方嗎？這裡可是我的祕密基地呢。」蓉蓉雙手扠腰，得意的說。

「呵，超級期待的。」小靜微笑，跟著蓉蓉走進了Pub裡面，只見蓉蓉熟門熟路的找了一張桌子坐下。

「這裡的位子最棒，音響效果最佳。」蓉蓉和小靜招手。

「嗯。」小靜正要加快腳步，走到蓉蓉的桌子旁，忽然間，她感到耳邊一陣嗡嗡的聲音。一種她從未聽過的嗡嗡聲，像是某一群人正以一種很獨特的音調在說話，這聲音並不令小靜討厭，卻十分陌生。

甚至，陌生到不像是人類的聲帶能發出的腔調。

「小靜，怎麼了？」蓉蓉以困惑的表情，看著停下腳步的小靜。

「有聲音，細細的聲音。」小靜側著頭，「妳沒聽到嗎？」

蓉蓉先是一愣，臉上閃過一絲複雜的表情，隨即又笑了。「小靜，妳是因為歌唱比賽到了，所以壓力太大嗎？這裡這麼吵，哪裡聽得到什麼細細的聲音？」

「嗯……」小靜歪著頭想了一下，才繼續往前走去。

蓉蓉坐定後，點了一杯冰茶，而小靜則點了熱的水果茶，隨即，一個頭上綁著頭巾，看似四十幾歲的女人，就像是旋風一樣來到了她們的面前。

「蓉蓉，好久不見啦，聽說妳去參加了歌唱比賽，那比賽很紅喔，連我都準時收看。」那女人笑著，她將眼神移向小靜。「啊，帶新朋友來啊。」

「是啊。」蓉蓉比著小靜，「她是我歌唱比賽認識的第一個朋友，嘿，也是我認為最強的對手喔。」

「這麼了不起啊，嘖嘖。」女人瞇著眼睛笑了。「妳好，我叫做雀姊，我是這家 Pub 的老闆喔。」

「雀姊，妳好。」小靜看著這名灑脫的大姊，總覺得這女人笑容的背後，一定有很多很多的故事。

也許滄桑、也許悲傷，也許正是這些故事，讓她變得如此堅強。

「雀姊很厲害喔，她這幾年才回到這裡開店，以前她在國外開店，遇過很多人哩。」蓉蓉像是一個小妹妹般，對著雀姊撒嬌。「尤其是她說過一個故事，說她遇到一個男孩，叫做『光』的雙胞胎故事，我超愛的。」

「妳這小女孩，那故事好久了，怎麼老是聽不厭啊，哈哈哈哈。」雀姊大笑完，說道。「這杯我請妳吧，蓉蓉，還想吃點什麼？這裡的烤肉拼盤可是一絕。」

「幹嘛沒事要請我，哃，一定有陰謀。」蓉蓉比著雀姊，笑笑說。

「是啊，當然有陰謀啦。」雀姊摟住蓉蓉，「要請妳幫一個忙囉。」

「嗯，說啊。」

「今晚十一點場的那個歌手，臨時有事不能來了。」雀姊摟著蓉蓉，說道。

「所以，要我上場？」蓉蓉的眼神中閃爍著光芒。「十一點場？那可是很重要的時段哩。」

「在我這家巫婆的魔術湯裡面，除了妳，還有誰夠格上台？」

「這樣啊，那我考慮一下。」蓉蓉的眼神瞄向小靜，賊賊的笑了。「嘿，要我上台還有一個條件。」

「喔？說，雀姊一定答應妳。」

「我要和小靜一起上。」

小靜詫異的「啊」了一聲。

只見雀姊先是一愣，眼神端詳了小靜一會，「好，蓉蓉的眼光，絕對沒問題的。那我先去打點這件事，妳們慢慢聊喔。」

當雀姊離開，小靜急忙拉住蓉蓉的衣袖，「欸，怎麼連我都要上去啊？」

「傻瓜，這是千載難逢的機會啊。」

「咦？」

「我們三十強的第一場比賽，不就是雙人合唱嗎？」蓉蓉對著小靜比出了食指。「這一場剛好是我們練默契和膽子的好機會啊。」

小靜聽完，眼神忍不住移向了那個小舞台，以及舞台下十幾桌的客人身上。

她可以嗎？

在將近百名客人面前，放開喉嚨盡情的唱歌？

她可以嗎？

想到這，她下意識的，將手伸入了上衣口袋，握住了那支粉紅色的手機。

「可以的。」小靜用力吸了一口氣，微笑。「因為，你們會給我力量。」

但在此刻，小靜其實並不知道，在舞台上等待她的，究竟是一場什麼樣的競試。一場攸關她是否能繼續唱歌的重要試煉，即將登場。

歲驛星・阿歲

危險等級：3
外型：老愛戴著白色鴨舌帽，身材約莫一百七十公分中等身材。
星格：丁等星。
能力：「蚊」。

阿歲生平最大的戰績是在黑暗巴別塔挑戰鬥王，但被鬥王一拳KO，從此明白自己的極限，轉職為鬥士經紀人。

外表看起來有點吊兒郎當，事實上卻是一個古道熱腸的好人，他與牛肉麵店老闆娘有份吵吵鬧鬧的感情。

他的技是「蚊」，能創造出機械蚊，進行攻擊、偵查、潛伏等作用，是一個相當好用的技。

第三章·武曲

3.1 三釀老人

快餐車上，驚心動魄的情節正在上演。

冷山饌嘴巴大張，裡面竟趴伏著一隻黑色的大蟾蜍。

「這是……」琴還來不及反應，眼前這隻黑色大蟾蜍的雙腿陡然一跳，就如同一道不祥的黑色閃電，直撲向她。

「糟糕！鈴星真正的目的，其實是琴姊啊！」小傑大吼，腳一蹬，身體往前俯衝，同時右手往背後一掏，手心是一股渾濁的黑氣。

黑氣中，透著滿是殺意的冷光。

是黑刀，它出鞘了。

只是黑刀的速度雖然快如猛虎，但它旁邊卻出現一條游動的蛇，蛇後來居上，目的也是阻止這隻黑蟾蜍。

透明的蛇，是收納袋所化，神偷莫言的武器。

只聽到莫言低吼。「鈴之毒，陰界聞名，琴這笨蛋現在功力尚未恢復，一碰即死啊。」

黑刀與收納袋，兩大高手首次攜手，要在死神面前搶下琴的生命。

但，蟾蜍，終究是快了一步。

佈滿突起的黑色軀體，砰的一聲，黏上了琴的腹部。

「啊！」琴只覺得腹部一痛，低頭往下一看，蟾蜍竟開始融化，往皮膚周圍滲了進去。

「可惡！」莫言和小傑的武器慢了一步，終究沒能攔下黑色蟾蜍。「毒進去了！」

現場的人都不禁閉上了眼睛，因為所有人都知道，當一個新魂碰到鈴劇毒之後的下場。

沒有半點道行保護的魂魄，可能下一秒就化成血水。

「啊？這麼糟糕？」琴看著眾人的表情，聰明如她，立刻意識到事情的嚴重性。「我才剛剛解開冷師父的毒欸，怎麼這麼快？」

但，就在此刻奇峰再起，琴聽到了一個聲音。

這聲音，是一個單音節。

宛如小嬰孩拿著小鐵棒，叮叮咚咚的敲著小鐵琴，那種單純、寧靜，沒有任何雜質的音節。

為什麼？這個乾淨的音節，會出現在這個驚險的場景裡？

「咦？」小才仰頭，手比著琴。「聲音，是從琴姊的懷中傳出來的？」

「懷中……啊，是風鈴。」琴從懷中拿出了那只孟婆送給她的記憶風鈴，只見原本安靜的風鈴，在這驚心動魄的時間裡，竟發出了專屬於它的乾淨音符。

這聲音純淨而安寧，讓現場所有的人都不禁側耳傾聽，在此刻，彷彿所有的殺戮與憤怒，都消弭無形。

所有的人都在聽，甚至是那隻趴在琴的肚子上，正準備融入琴體內的……黑蟾蜍。

牠歪著頭，專心聆聽，連融化都忘記了。

「牠停住動作了？好嘿！」莫言的反應何等快速，他陡然醒悟。

只見他右手如電，五指套上自己創造出來的塑膠袋，以迅雷不及掩耳的速度，一把抓起了這隻黑色蟾蜍。

「咯！咯！咯！」黑色蟾蜍發現自己被包在塑膠袋裡面，憤怒的扭動掙扎，嘴中毒液更是在空中四下亂噴。

毒液甚強，竟然連道行高深的收納袋，都被腐蝕出一個又一個的洞。

「好厲害的毒，不愧是鈴星嘿。」莫言冷笑一聲，塑膠袋在雙手間互換。

每換一次，塑膠袋就多一層，宛如繩子一層一層不斷的捆上去。

鈴星的毒蟾蜍雖然強，當莫言捆到第十層，毒蟾蜍也知道，自己終究腐蝕不開這層銅牆鐵壁了。

「莫言，你現在只是困住牠。」小傑就在這時候開口了。「要殺牠，用黑刀比較快。」

「沒問題，但死了可別怪老子。」莫言轉身，將袋子朝著小傑使勁砸了過去，口中低喝。

「解開吧，收納袋！」

只見黑蟾蜍如砲彈般朝小傑飛射而去，離小傑越近，收納袋便一層一層的解開。

等牠到了小傑面前，所有的收納袋都已經消失了。

一隻赤裸、憤怒，渾身是毒的陰獸蟾蜍，發出咆哮的咯咯聲，張大嘴朝著小傑撲來。

「別太囂張。」小傑橫握黑刀，刀光閃過。

當刀光散去，兩塊對切的蟾蜍屍體砰然落地。

這隻源自鈴，差點毒死琴的陰獸，就這樣掉在地上，掛了。

「這是『蟾蜍子』。」莫言低下身子，檢查被切成兩塊的蟾蜍屍體，「是鈴所飼養的陰獸『蟾蜍母』所生，毒性猛烈，更是鈴使毒的基礎陰獸。琴，妳還好吧？」

「我還好。」琴只覺得餘悸猶存，她從懷中掏出那枚銀色的風鈴，苦笑著。「還好有它。」

「專門封印妳記憶的風鈴，是它救了妳嘿？」莫言瞇著眼睛，看著銀色風鈴。「所以，是武曲的記憶救了妳？」

「嗯。」琴點了點頭，把風鈴舉在眼前看著。「要不是它及時發出……咦？」

「怎麼？」眾人問。

「我的手指。」琴看著風鈴旁，自己的小拇指，不知道何時竟泛著詭異的黑氣。「黑了。」

「黑了？」這一刻，所有的人臉色都變了。

「只不過是指頭黑了，應該還好……」琴安慰自己。

「還好個屁。」莫言一手抓住琴的手，擔心的表情溢於言表。「妳不知道鈴星的毒有多厲害。」

「那……」琴被莫言的激動給嚇了一跳。「怎麼辦？」

「五指連心，一旦毒攻入了拇指，五指盡墨，妳就沒命了。」

「啊，這麼……這麼嚴重啊？」

「琴姊，幸好蟾蜍子只進入了肌膚，沒滲入妳的內臟，不然肯定當場暴斃。」小才擔心的走來走去。「但是一旦中毒，就像是啟動了倒數計時，毒發是遲早的事情，現在我們該怎麼辦？」

「該怎麼辦？」眾人互望了一眼，鈴星的毒在陰界人人聞風喪膽，要解她的毒幾乎不可能啊。「難道要去找那兩個醫生？」

「天機星吳用嗎？琴姊去恐怕是自投羅網，而息神星周娘，等到我們找到她，都已經是數個月以後的事了，琴姊恐怕已經沒命啦。」小才大叫。

「不，還有一個辦法。」小傑沉吟半晌，開口了。

「什麼辦法？」

「找回武曲的力量。」

「喔？」

「當年，鈴星毒雖強，卻始終奈何不了琴姊，你知道為什麼？」

「為什麼？」琴問。

「因為武曲姊很強，一身道行百毒不侵。」

「哼，幫武曲找回道行？」極少開口的橫財，這時候冷笑了一聲，「那就要找回五樣食材，雙胞胎啊，你們知道任何一項的位置嗎？」

小傑和小才互望一眼，同時搖頭。

「那就好啦，武曲星的毒開始倒數計時，我猜活不過一個月，又找不到食材，那就是沒用啦。」橫財被肥肉擠得細長的眼睛，盯著琴，讓琴全身發毛。「讓我來親手料理掉這個臭女人，賣掉那個值錢的銀色風鈴，把錢分一分吧。」

「你！」琴跺腳，她氣自己沒有半點能力，可以面對橫財的威脅。

「也許，我不知道琴姊的食材在哪……」小才回瞪著橫財，「但我知道有個人可以讓琴姊找回一點道行。」

「嚕？誰這麼神通廣大？」橫財冷哼。

「他可以幫琴姊找回道行，因為琴姊的道行就是他教的。」小才深吸了一口氣，一字一句慢慢的說著。

「所以是武曲的師父？」橫財皺眉，他察覺這人的來頭似乎不小。

「是，就是三釀老人。」

「嚕？」橫財一聽，悶哼了一聲，顯然他也聽過這封號。「怎麼搞的，怎麼又來一個和天同差不多的老怪物啊？」

見到橫財住嘴，琴一頭霧水，他戳了戳莫言的腰，「三釀老人是誰啊？」

「嘿，他是誰啊？」莫言露出一個古怪的笑容。「他啊，隸屬天梁星，神祕低調，是和天同、武曲同樣的……十四主星啊。」

十四主星。

能夠主宰陰界命運的十四主星？

琴深吸了一口氣，她將再見到其中一個嗎？而且，這人還是當年武曲的師父？

「吼，三釀老人？嚇不倒我的。」橫財一驚之後，大手往桌子一拍，「三釀老人行蹤詭異，你們以為要找他就找得到嗎？開玩笑嚕，他可能比五樣食材更難找。」

「讓你失望了。」小才昂起頭，「我們正好知道怎麼找他，因為我們曾陪著武曲姊去過一次。」

「嚕？」

「三釀老人雖然神祕，但是有個罕為人知的祕密，生平最愛看電影，要找他，就要去有電影的地方。」

「電影？那是陽世的玩意嚕？」橫財詫異。「難道要去電影院找他嗎？但電影院這麼多間，要從何找起？」

「有點腦筋好嗎？」小才哼了一聲。「上次陪著武曲姊，曾經去過一家特別的店，只有那家店的老闆可能知道三釀老人在哪？」

「什麼店？」

「一家外表看起來只是普通的飲料店，但專門討論電影，還出租奇怪電影的小店。」小才一笑，「叫做『非觀點』的小店。」

3.2 非觀點

到「非觀點」的路，比想像中漫長，也許是為了天梁星才刻意隱藏這間小店，也許是「非觀點」原本就不希望張揚。琴等人花了足足三個小時，跨越了好幾座城市，才終於找到這家隱身在巷弄間的神祕飲料攤。

這三個小時內，琴因為接連經歷了煮湯治好天廚星，與蟾蜍子中毒兩件刺激的事，加上旅途漫長，她的眼皮漸漸重了起來。

終於，她睡著了。

這一睡，又讓她回到了曾經珍藏無比的陽世記憶之中。

這裡，是海岸。

身邊的人，是與自己穿著相同高中制服的美麗女孩，小風。

小風與琴躺在海邊的防波堤上，看著滿天的星斗，小風突然開口，「琴，妳相信紫微斗數嗎？」

「紫微?那是一種算命方式嗎？」琴手指著天空，今晚是傳說中的獅子座流星雨，琴正努力數著自己今晚看到了幾顆流星。「和八字算命、塔羅算命一樣，都是一種占卜吉凶的方式啊。」

「是啊，不過我覺得紫微斗數和那些占卜之術不太一樣哩。」小風笑著說，她的手指彎出了七這個數字，這是她今晚看到的流星數目。

「怎麼說呢？」

「紫微是一種以中國星星為主的占卜術，每個人都擁有這些星星，只是星星落在某些宮位，就會影響這人的性格。嚴格來說，紫微並不是算命，而是推算性格，藉由推算性格進而推算出這個人的命運。」

「嗯？」

「性格決定命運。」琴淡淡一笑，她今晚看到了六顆。「好像有此一說。」

「嘿，詳細的算法我也不懂啦，但我想說的是關於星星這部分。」

「妳相信，有些人是天上的星星轉世嗎？」

「小風……」琴感到些許詫異，她認識的小風做事幹練，作風實際，很少講這麼充滿幻想的話。「人是天上的星星轉世？妳還好吧？看太多流星所以頭暈了嗎？」

「才沒有頭暈呢，我是相信，每個人活在這個世界上都是特別的喔，就像天上閃爍的星星一樣。」小風微笑。

「嗯，那跟紫微斗數有什麼關係？」

「有啊。」小風雙手枕在頭下，看著滿天眩目的星斗，「比起西洋的占星術，紫微斗數裡面是中國的星星，我們既然是華人血統，應該是和我們自己的星星比較有關吧。」

「呵呵，是喔。」琴笑了笑，「難道，妳覺得……自己是紫微的其中一顆星星嗎？」

「是啊。」小風嘴角微揚，露出一個自信美麗的笑容。「我覺得我是欸，而且是重要的大星呢。」

「哈哈，好驕傲喔。」琴瞇起眼睛，這就是她認識的小風，一路保持第一的女孩，能讓她保持優秀的最大祕密，其實就是「自信」。

小風相信自己，相信世界上沒有一件事能難得倒她。

加上她比誰都強的耐力，比誰都持久的耐心，造就了她堅強不敗的形象。

「才不是哩，這是一種從小就有的感覺，更是我自信的來源喔。」小風忽然轉頭，看向琴。「而且，我覺得不只我而已，妳也是啊。」

「我？」

「妳一定也是紫微中的大星星。」

「我也是？」琴先是一呆，然後又笑了。「但是，我很平凡喔，真正的大星應該是十歲就拿到諾貝爾獎，寫出膾炙人口的詩詞，或是富可敵國的軟體天才啊。」

「我不是這樣想喔，我們的確是特別的，只是時間還沒到。」小風說。

「時間還沒到？」

「詳細我也不知道，但這是一種感覺，妳我都不平凡。」小風認真的看了琴一會，又把臉轉向滿天的星空。「而且關於紫微，我還相信一件事。」

「什麼事？」

「星星們，會互相吸引。」

「啊？」

「所以，未來無論是妳或我，還會碰到其他的大星星。」

「哈，我真的確定……」琴伸手摸了摸小風的額頭，「看樣子吹夜風看星星，真的會讓人感冒，妳發燒了啊，我的小小風……」

「才怪咧。」小風一把捉住琴的手，朝著琴的胳肢窩搔了下去，兩個人登時嬉笑在一起。

海堤邊，星空下，兩個十幾歲的女孩，就這樣無憂無慮的笑著。

那是琴記憶中，最溫暖的畫面之一。

只是琴始終忘不了的是那句話……

「星星們，會互相吸引。」

所以她以後，還會遇到其他的紫微上的星星嗎？

「到了，琴姊……」

琴感到一陣搖晃，她揉了揉眼睛，伸了伸懶腰。

她發現，眼前的人只剩下兩個。

一個是小才，一個則是莫言。

「咦？其他人呢？」琴摸了摸頭，在顛簸車上的睡眠，總是品質不佳。

「以我們對三釀老人的認識，若是我們大張旗鼓的去找他，恐怕只會撲空，所以經過討論後，就是我和莫言一起陪妳去。」小才看了莫言一眼，這樣說道。

「那其他人呢？」

「小傑一方面去調查五種食材的位置，一方面要想辦法通知當年十字幫的老部屬……琴姊回來了。」小才微笑。

「喔？那橫財呢？」

「去搶東西了嘿。」莫言雙手插在口袋，「接到簡訊，有好貨到了。」

「好貨？」

「曹操墓出土了。」莫言聳肩，「曹操這廝，當年自己身為盜墓賊，死後怕被報復，所以布陣七十二疑塚，試圖混淆盜墓賊的曹操墓，被挖出來了。」

「啊，所以橫財也跟著去挖墓了……」琴看了看周圍，「那冷師父呢？」

「他們自認道行有限，幫不上大忙，也去尋找食材了，聽冷師父說，他懷疑其中一項食材與南方城隍小吃有關，他們去追查了。」小才說，「琴姊，妳精神好點了嗎？非觀點已經到了。」

「好。」琴深吸了一口氣，雙手用力一握，「那我們走吧。」

非觀點，這是一家連招牌都沒有的小店，裡面有著一個小吧台，外面放著幾張簡單的小桌小椅。

幾個人，正在小桌小椅上嗑著瓜子聊天。

這些人當中，有的是陽世的人類，有的是陰界的魂魄，他們互不相擾，只是安靜的嗑著瓜子，聊著小事。

琴走過他們的時候，她可以感覺到其中幾個陰界的魂魄，抬起頭，瞄了她一眼，隨即又低下頭，繼續自己的話題。

琴同時間也觀察著這些人，她發現這些人從外表很難找出一致性，所謂的一致性，就是相同社會階層、相同生長環境的一致性。

這些人，有的白髮蒼蒼，談吐斯文，看起來像是大學教授。

這些人，有的年紀二十幾歲，說話大聲，一看就知道是剛踏入社會，不知天高地厚的年輕人。

這些人，有的穿著有些破洞的工人服，手臂粗大，看起來像是以勞力討生活的人。

更有的看起來像是漂亮的鋼琴老師、化妝精緻的上班族OL、剛從附近籃球場打完球的學生等等……

十幾個人，不同環境、不同背景，竟然同時在非觀點的小桌小椅上，共同嗑著瓜子，喝飲料，談天說地。

很奇妙的場景，但是琴能懂。

因為「電影」。

還在陽世的時候，琴的最愛就是「書」與「電影」，後來因為工作關係選擇了報紙，但她的內心仍對電影有份熾熱的情感。

在她的眼中，書與電影其實很像，在書與電影的世界裡面，都能忘記自己，忘卻憂愁，那是一個美好下午的時空旅行。

在非觀點，琴又感覺到了相同氣氛，無論來的人是何種背景，經歷過何種人生，只要他愛著電影，就有資格坐在這裡，用自己的想法談論著電影。

電影，就是這樣奇妙的東西。

只是琴沒想到的是，「電影」這東西，竟然連陰陽兩界都可以跨越。

琴等三人找了一張空的小桌子坐下，而陰界老闆注意到了他們，馬上帶著笑臉走了過來。

「各位貴賓，想喝點什麼呢？」陰界老闆遞上了飲料單，這老闆長得還算帥氣，理著小平頭，留著小鬍子，宛如一個城市雅痞。

琴一見到飲料單，馬上就有種被拉回陰界的感覺。

因為飲料單上寫的，都是她在陽世從沒見過的東西。

龍蛙下蛋（以C級陰獸「龍蛙」的蛋釀泡而成，絕對佳品。）

香脆巧克力冰沙（以C級陰獸「妖螃蟹」的殼打碎後增添口感，讓你一喝後永難忘懷。）

聖女瑪麗（以B級陰獸「聖女鱷魚」的牙齒磨碎加入飲料中，香濃程度破百。）

火焰山（以A級陰獸「巧克力螞蟻」浸泡而成，今生必嚐一次的飲料。）

你愛我嗎？（由獵人冒險在A級陰獸「鋼鐵玫瑰」取下的花瓣，由於冒死取得，古來成為最終的愛情證明。）

……

諸如此類的飲料共十餘種，看得琴只是眉頭深鎖，這些是什麼鬼啊，不，應該是說，鬼才喝吧？

但一轉頭，卻發現小才和莫言兩人正努力的看著飲料單，小才還不時發出讚嘆。「這些飲料都是傳說中的好物，難得欸，對了琴姊，聽說鋼鐵玫瑰的花瓣超級養顏美容，強力推薦。」

莫言比較阿莎力，畢竟他是有錢人，只見他手比了一下火焰山，就把飲料單推回了老闆面前。

老闆一笑，快筆記下。

「那我要龍蛙下蛋。」小才看了飲料單半天，終於點了一杯最便宜的，貧富差距在陰界也可以瞧見端倪。

琴看著飲料單，她實在說不出口，而就在這時候，一股強烈的直覺，直衝上了她的心頭。

她好像來過這裡，好像也曾經坐在這位置上，也看著同樣的一張飲料單。

只是當時身邊的人，她卻怎麼樣也想不起來是誰？她只記得是兩個人，一個年紀似乎不小了，滿頭白髮，但卻有著一張童稚的臉龐。

更奇怪的是，琴聽到自己的嘴巴，這樣稱呼著這位白髮人。

「自由人（Freeman）。」

而更奇怪的是，那童顏白髮的男子，則是用一個同樣奇怪的稱號稱呼琴。

「小甘。」

除了自己與白髮人，另一個人呢？那是高大粗獷，留著平頭，是一個渾身悍氣的男孩。

但這強悍男孩的表情，在琴的記憶中，卻是十分的溫柔，甚至帶點害羞。

最後，她想起了當時所點的飲料，就是……

「芋頭西米露。」琴不自覺的脫口而出。「老闆，我要一杯芋頭西米露。」

芋頭西米露？

琴見到現場所有人的表情都變了，小才更是拉了拉琴，「欸，琴姊，這裡是陰界，不是陽世哩，不要亂點一些陰界沒有的東西啦。」

「啊。」琴尷尬一笑，側著頭，「對不起，我剛死不久，不知道陰界規矩哩。」

「不。」老闆低聲說。

「不？」

「我們有這項飲料。」

「啊？」眾人同時訝異低呼。

「當然不是陽世的芋頭，也不是陽世的西米露，但因為我特愛這杯飲料，所以我特地找遍陰界各種陰獸與植物，配出與陽世一模一樣的味道。」

「嗯，好認真喔。」

「只是很奇怪。」老闆收起飲料單，嚴肅的看著琴。

「奇怪？」

「我調出芋頭西米露這件事……整個陰界只有三個人知道。」老闆看著琴，一字一句的說。「我問妳，妳是誰，妳為什麼知道？」

「呃，我不知道。」

「妳不知道？」

「我在陽世叫做琴，但我不知道我曾是陰界的誰？」琴苦笑。

「妳不知道自己是誰？」老闆聽完琴的話，只是睜大眼睛，沉默三十秒後才重重吐出一口氣。「那請妳等一下，妳要的芋頭西米露，馬上就來了。」

老闆往後退了一步，然後一個將近九十度的鞠躬，轉身就朝著吧台走去。

3.3 芋頭西米露

看著老闆離去的背影，莫言說話了。

「這人有星格。」

「我也是這樣想。」小才點頭。

「為什麼你們會知道？」琴轉頭問。

「直覺嘿。」莫言扶了扶墨鏡，仰著頭，還是那副高傲的姿態。「有星格的人會互相吸引，他大概是丙等星吧，這是好消息。」

「好消息？」

「想想，為什麼是好消息嘿？」莫言又來這一套，考驗著琴的邏輯思考。

「因為有星格的人會互相吸引？」琴側著頭想了一下，「所以……代表他可能真的和三釀老人有關係？」

「越來越厲害了嘛，小女孩，三釀老人的身邊總不可能找個廢物當傳信人，這老闆有星格，是件好事。」

「嗯。」琴微微一笑，其實她並不討厭老是出題考她的莫言，因為只有這樣，才能讓她學得快。

畢竟這裡是陰界，強者生存的惡劣環境，只有學習得快才有機會生存。

「趁這時候，我再來和妳講一件事，」莫言用手指比著剛才的飲料單。「陰獸有分A級、B級、C級，妳知道嘿？」

琴搖頭。

「這是按照天機星所寫的『陰獸綱目』的分類，很粗略的分類，但卻很簡單的分出了陰獸的強弱與等級。」莫言說，「陰獸在陰界很重要，牠們的出現其實是一種陰氣的聚集，但不具備人類意識的野獸，陰界多數的科技發展都必須仰賴陰獸，未來妳慢慢就會懂了。」

「嗯，陰氣聚集，但又不具備意識，所以變成陰獸，是這個意思嗎？」

「對。」莫言點頭，「陰氣越濃，誕生的陰獸就越強大，就有A、B、C的分別，曾經讓妳中毒的蟾蜍母，就是A級陰獸，而且是很厲害的A級陰獸。」

「那A級陰獸上面，還有更高等級的陰獸嗎？」

「有，A級以上，還存在著S級的陰獸。」莫言深吸了一口氣。「S級陰獸，共有十二隻。」

「喔？」琴眼睛睜大。

「鼠牛虎兔龍蛇馬羊猴雞狗豬。」莫言一口氣唸完十二個字。

「剛好是陽世的十二生肖？」琴一呆。「為什麼？」

「因為陰陽原本就相通，也許是某個到了陽世的魂魄，把這個記憶帶了過去，而陽世的人也對這十二隻野獸特別有感覺，因此沿用下來了。」莫言說，「這很正常啊。」

「了解。」琴點頭，陰陽兩界其實比她想像中來得親近啊。

「這十二隻陰獸各自擁有自己的屬性，而且全身的陰氣純粹且強大，十四主星若是不小心，都有可能被牠們殺掉。」

「嗯。」琴側著頭，試著想像了一下，她見過最強的人是天同星孟婆。

連孟婆都必須小心翼翼的陰獸，到底長什麼樣子？

「但仍有少數S級陰獸與陰魂結合成好友的例子。」莫言細說著，「像是太陰星就是操縱陰獸的好手，當年破軍星與嘯風犬更是一個好例子，破軍星遁隱之後，從此就再也沒有人看過嘯風犬了。」

「破軍？」琴皺眉，她對這個名字，好熟啊。

「妳認識他？」莫言眉毛一揚。

「不認識。」琴搖頭。

「他是危險人物嘿。」莫言苦笑。

「危險人物？比你和橫財都危險？」

「嘿，那不一樣。」莫言用手指摩擦了自己的額頭，「我們是獨行俠，不屬於黑幫和政府的獨行俠，而破軍……」

「破軍？」

「他是戰將，為大規模戰役而生的武將嘿。」莫言說到這，「他一旦出現，往往代表混亂大時代即將來臨。」

「喔。」琴側著頭想了一下，「那武曲呢？你們口中，過去的我呢？有什麼陰獸好友嗎？」

「嘿，有，但也是傳言而已。」莫言看著琴，「武曲星的夥伴，是在S級十二生肖中，排行第十的……」

「鼠、牛、虎……羊、猴……」琴彎著手指，一個一個數著，「雞？」

「正確來說，是鳥。」莫言一笑，「是一隻叫做雷鳥的陰獸。」

「雷鳥？」

「是，但牠也在武曲消失後，跟著消失了，有人說，失去武曲的牠，悲傷過度，已經活活的把自己餓死了，但也有人說，雷鳥是被政府捕獲了。」

「餓死，捕獲？」琴喃喃自語，「感覺上，現在都不太好啊。」

「政府強權，黑道式微。」莫言說到這，嘴角揚起一絲苦笑。「這就是現在的世道啊。」

聽到這裡，三人登時陷入了沉默，所幸這陣沉默並不長久，因為飲料來了。

老闆親自捧著三杯飲料，到了琴等人的面前。

「這是龍蛙下蛋。」老闆一笑，「請在蛋孵化之前食用。」

琴看見了那杯「龍蛙下蛋」的體積相當大，比起一般陽世的飲料大了足足三倍，底部沉著十餘顆正在抖動的蛙卵。

蛙卵顫動，似乎隨時要孵化而出。

「好厲害，龍蛙卵越靠近孵化，越是美味，老闆功力十足，剛好讓卵在孵化前十分鐘上桌，正是精華美味的時機啊。」小才一臉驚喜。

而一旁的琴，卻滿臉要作嘔的表情。「天啊，活生生的卵?怎麼喝啊?」

但琴對龍蛙下蛋的訝異，很快就被下一杯飲料給取代。

那是火焰山，整杯呈現古怪的棕黑色，而且就在店長放下飲料之時，不小心潑出了一滴。這一滴落在桌面上，竟發出滋滋的怪聲，隨即變成一隻極小的螞蟻，螞蟻抖動了兩下，就要往前爬。

而且爬行的同時，琴似乎看到了那隻螞蟻的嘴巴伸出了兩根，不成比例的圓弧大牙，牙齒一開合，就把桌子刨出一個拇指般的大洞。

琴訝異，這螞蟻的牙齒若是挖在人身上，恐怕就是一個大血洞了。

螞蟻左右張望了一下，舞動大牙，直直的朝琴的方向爬行過來。

「啊?」琴下意識的往後退縮，但螞蟻越爬越快，轉眼間，已經到了琴的桌前，更順勢往前一跳，背部在空中伸出兩片羽翼，羽翼快速振動，朝著琴直撲過來。

「啊!」琴低聲尖叫，因為轉眼間，螞蟻就要跳到她的臉上。

忽然，啪的一聲，老闆的雙手一拍，把這隻飛天螞蟻在掌心拍成了一團爛泥。

「抱歉，失誤。」老闆微笑，「點這飲料有點兇險，聽說不少同業，因為客人不小心潑了出去，馬上就被上百隻螞蟻咬死。」

「咬……咬死?」

「嘿，那是笨蛋弱者才會發生的事。」莫言墨鏡下的眼睛，看了老闆一眼。「巧克力螞蟻，可是A級陰獸，別讓我失望嘿。」

「當然。」老闆微笑，用紙巾擦拭剛抓死螞蟻的手心，奇妙的是，這一擦拭下，竟冒出濃濃的巧克力香。「那各位準備好了嗎？我要讓這杯飲料完成啦。」

「沒問題。」莫言和小才同時豎起拇指。

老闆從腰際拿出了打火機，放在嘴邊，一吐氣。

只見火焰順著老闆嘴裡的氣流，化成一條紅色的絲線，絲線的一頭射向莫言的那杯「火焰山」上。

絲線射入火焰山，然後啵的一聲，在咖啡色的液體中冒出幾絲零星火花。

「要來囉。」老闆專注的看著那杯飲料，嘴角微笑，「之所以取名為火焰山的原因。」

這句話說完，只見火花越冒越多，然後，轟的一聲。

一股咖啡色的熱流往上衝去，宛如火山爆發，衝出了杯外，繼續往上衝，一公尺、兩公尺、三公尺……最後竟衝上足足有四層樓高。

琴見到這副景象，不禁目瞪口呆，在陽世，她曾喝過在酒上點火的飲料「冰火九重天」，主要是燒去其中的酒精，留下酒的甜味，更能讓一些飲料巧妙融合在杯中。

但如此聲勢浩大的點火秀，這是她從未想過的，恐怕又是一項陰界特產吧。

「二十四公尺。」莫言手指敲著桌面，表情滿意。「傳說中，這飲料好不好喝，與噴發高度相關，越是濃度高、品質好的巧克力螞蟻，噴得越高。」

「沒錯，內行啊。」老闆笑著，「歷史紀錄是三十一公尺，是一名美食天才所創下，天廚星冷山饌，可惜我至今仍無緣見過他。」

「冷師父？」琴和小才面面相覷，「我們才剛見過。」

「咦？」老闆低咦了一聲，但無暇追問，因為眼前的火焰山，再度發生變化。

棕色的火焰山裡頭，隱約出現了一群又一群的螞蟻，持續的高熱讓牠們試圖衝出重圍，但老闆的棕色液體似乎藏著困住他們的祕密，讓這群螞蟻始終逃不出來。

短短的十餘秒，螞蟻們就紛紛融化，與棕色液體合而為一。

然後，一股比剛才更濃烈、更清香，甚至帶點陳年葡萄酒香的巧克力氣味，就這樣散發開來。

琴一聞，只覺得渾身酥軟，幾乎要暈了過去。

而當琴正要往後倒的同時，一隻手扶住了她，琴抬頭，卻是那個一貫冷漠的微笑。

莫言。

「聽說笨蛋連坐椅子都會跌倒，要小心。」

「誰是笨蛋？」琴雙手扠腰，正要吵架，忽然感覺到背上莫言的手，正透著陣陣暖意。

暖意從背部透入，滲入肌肉百骸，轉眼間琴發現自己不再因為「火焰山」的巧克力濃香而暈眩，取而代之的，是更靈敏的嗅覺，品嚐著空氣中的甜香分子。

琴忽然領悟，莫言是用道行在幫助她，抵抗空氣中濃郁到不可思議的巧克力香氣。

這莫言的個性真的很古怪哩，連幫助人都這麼口是心非？

老闆這時端出了第三杯飲料，「小姑娘，這是妳要的……芋頭西米露。」

這五個字一出，現場所有的陰魂，包括莫言與小才，甚至是周圍正在聊電影的魂魄，都一起轉過頭來。

因為這是一杯不會出現在陰界的飲料，甚至比會蠕動的龍蛙卵、會噴發的巧克力螞蟻都還要吸引人。

但，當老闆把手上的杯子放到了琴的面前，所有人卻都失望了。

因為，那只是一個再普通不過的玻璃杯，杯內裝著白紫色的液體，底下則沉著一粒一粒晶瑩剔透的小粒西米露。

「就這樣？」小才等了幾秒後，忍不住開口。「沒有爆點？沒有會吃人的芋頭樹？沒有可以射穿骨頭的西米露子彈？」

「還是這杯子有玄機嘿？」莫言伸手摸了摸玻璃杯，旋即搖頭。以他偷過這麼多寶物的經驗，這玻璃杯就只是一個玻璃杯而已。

「那這杯芋頭西米露，究竟有什麼不同啊？」所有的陰魂都在問。

琴握住了那杯西米露，用吸管輕輕喝了一口。

這一剎那，所有人都注視著她。

「沒有不同。」琴的嘴角慢慢揚起，眼眶微微溼了。

「欸？」

「和我記憶中陽世的芋頭西米露，沒有不同。」琴眼角含淚，嘴角卻帶著微笑。「真的很好喝。」

真的很好喝啊。

只見現場先是靜默了數十秒，然後幾乎所有的陰魂都舉起手來。

「老闆，我要一杯！」

只聽到老闆拚命搖著頭，朝著吧台走了回去，嘴裡還碎碎唸著。

「我最討厭麻煩事了，以後又要多準備一種飲料啦。」老闆話是這樣說，臉上沒露出絲毫不耐，只是搖頭。

而琴閉著眼睛，這味道，真的與她記憶中的味道一模一樣。

陽世中，矮巷裡，那個用手推車賣的芋頭西米露，曾是她珍貴且微小的回憶。

然後，正當琴要喝第二口的時候，卻發現杯底貼了一張紙。

「啊？」琴輕輕的拿下這張紙，在被冰水浸溼的紙面上，努力分辨藍色字跡。

字跡是這樣寫的……

「A電影院『神鬼認證』，下午四點場，座位5C。」琴輕輕唸著。「那裡，有妳要找的人。」

3.4 自由人

「這裡就是A電影院了。」

現在時間正值下午，學生還在學校與書本戰鬥，上班族還在辦公室與客戶周旋，所以電影院裡面的人數稀落。

放眼望去，整間電影院中，陽世的人約莫五六個，陰魂也不過七八人。

前排兩個看似學生的人正看著銀幕，角落一對情侶正在竊竊私語；電影院中央一個身材有些發福的男子，一手抓著超大盒爆米花，吃得是咂咂作響。最後一排則坐著一個人，鴨舌帽壓得低低的，頭不斷往下點，看起來是在打盹。

這裡面，有三釀老人嗎？

「琴姊，我就坐在妳位置的後方三排。」小才低聲說。「一旦妳發生危險，我會馬上出手，記住暗號就是……」

「摔可樂。」琴重複了一次，這種摔杯子的古老暗號，雖然過時，但卻是最有效也最簡單的方法。

「好。」

「小姑娘嘿。」莫言也在這時候說了，「我不愛電影，但我會在門外，如果有什麼狀況，我會支援妳的。」

劇情。

「好。」

琴走進電影院，坐定，眼前的電影放映了幾分鐘的廣告與防盜版的影片後，旋即進入了

電影準時開演，「神鬼認證」其實是一部系列電影，共有三部，由知名影星麥特・戴蒙主演，講的是一個政府訓練的殺手，有天喪失了記憶，在他什麼都不知道的情況下，遭到整個政府組織的追殺。

只是這電影精采的地方是，主角雖然沒了記憶，但身手還在。

於是展開了一場又一場刺激的追逐戰，主角透過這些追逐，慢慢的逼出了自己的身世之謎，而那個令政府將他除之而後快的祕密，也逐漸露出了獠牙。

琴看著這電影，不禁想起了武曲，更想起了自己。

武曲，這個讓小才、小傑懷念的大姊頭，讓莫言與橫財緊追不捨的女強者，讓政府貪狼佈下重兵追捕的危險人物，究竟是一個什麼樣的人呢？是不是另外一個麥特・戴蒙呢？

她一手打造十字幫，結合僧幫與道幫與政府抗衡，最後又因為某個祕密，讓她悲傷的離開了陰界。

到底是什麼樣的祕密，令她放下一切，離開這裡？

而自己，真的就是那個武曲嗎？

會不會有一天，當小才小傑，莫言橫財發現自己不是武曲，只是一個普通的魂魄，就會大發雷霆的將她打得魂飛魄散？

這個三釀老人，是否除了解開她的毒之外，也能同樣解開她心中的迷惑呢？

而就在琴胡思亂想之際，忽然，她感覺旁邊有人坐了下來。

然後那人壓低聲音說：「妳去過非觀點？」

黑壓壓的電影院中，琴看不清楚這人的樣貌，只聽得出他的聲音蒼老，似乎有些年紀了。

「嗯。」琴緊張的點頭。

「聽那老闆說，妳要找我？」那人壓著嗓著說。

「嗯，你……你就是三釀老人？」琴輕聲的問。

「呵，當然是我。」那人呵呵笑了兩聲。「武曲，妳找我何事？」

「我中毒了。」琴舉起了自己的小拇指，也許是電影院晦暗的關係，琴感覺那黑氣往下爬了，至少三分之二的小拇指了。「希望你能教我一些道行，幫我解毒。」

「妳中毒了啊？」那人的聲音聽起來有些詫異，「誰下的毒？」

「他們說是『鈴星』。」

「危險等級六＋的……鈴星？」那人語調上揚，再度感到驚訝了。

「是啊，據說她與武曲有仇。」

「嗯。」那人沉默了數十秒，才又開口。「我懂了，那我們走吧。」

「走去哪？」

「當然是解毒……妳以為在電影院中，我可以解毒嗎？」

「喔。」

琴起身，拿起莫言送她的昂貴外套，跟著那人，小心的穿過一排椅子，走到了電影院的走道上。

黑暗的電影院中，僅能靠著銀幕閃爍的光線，來分辨階梯與那人的背影。

那是一個肩膀下削的背影，走路之間，左右邊稍微不平衡。

琴邊走邊想著，小才呢？他會跟上來嗎？他沒有發出警告，是不是代表著情況很安全？

「妳在擔心妳的朋友嗎？」前面的人，頭也不回的繼續走著。「放心啦，他已經在外面等妳了，等一下我們一起過去。」

「喔。」

琴走著，走在黑暗的電影院中，忽然，她感覺到一點異樣。

異樣的原因，來自她的胸口。

有個東西在震動，宛如手機般震動著。

琴慢慢的伸手入懷，握住了那個正在震動的物體，流線冰涼的觸感。

「風鈴？」琴低語。「你為什麼在響？你想要告訴我什麼嗎？」

眼前那人的背影已經走到了電影院的出口，出口的光，透過黑色布幕，微微滲了進來。

布幕的後面，是什麼？是能解開她迷惑的師父？還是另一個死亡陷阱？

這時，琴忽然開口了。

「自由人。」

那人完全沒回頭。

「自由人。」琴再度提高聲音。「我在叫你啊，自由人。」

那人終於停下腳步，但他頓了兩秒，才回頭。「什麼？」

這一回頭，藉著出口的微光，琴終於看清楚了這人的容貌，瘦削的肩膀，頭髮黑中透白，重要的是他的臉，滿是皺紋。

雖然一看就知道是上了年紀的人，但卻完全不是琴記憶中，那童顏白髮的三釀老人。

「武曲，妳剛叫我什麼？」那人一笑，但這笑容在琴的眼中，卻是非常的虛假。

「自由人。」琴輕輕的說，「英文是 Freeman，是摩根・費理曼的名字，因為師父最愛的一部電影『刺激 1995』中，摩根・費理曼飾演的囚犯角色，深得他心，從此自號自由人。」

「啊？」

「你不知道自由人。」

「啊？」

「所以，」琴伸手比著眼前的蒼老男子，「你根本不是三釀老人！」

電影院中，那男子看著琴的指尖，忽然他笑了。

「咯咯咯咯咯，哈哈哈哈哈，咯咯咯咯，哈哈哈哈。」

「有什麼好笑？」

「好笑的是，」那老男子削尖的肩膀陡然舉高，「上頭說要捉活的，若捉不成活的，拿死的也可以啊。」

「啊？」

「我最討厭像妳這麼聰明的女生啦。」老男人狂笑之際，手朝著琴臉上抓來。「所以我決定要拿死的了。」

琴看著這老男人枯瘦的手指，鉤成五爪，朝著自己的臉上劃來。

她忽然想起，自己現在是毫無武力的狀態。

小才沒有消息，顯然已經被敵人壓制。

莫言在門外，就算沒出事，回來救也已經來不及了。

沒有半點道行的她，在此時此刻，竟是這樣無助。

琴閉上了眼睛。

她要死了，魂飛魄散的死了。

這樣死也好，那些武曲的祕密，那些她討厭的暴力，都可以徹底的遠去，陰界的後面，是不是就有天堂？

只是，在這最後一刻，她又忍不住想起了小才、小傑那熱切單純的眼光，莫言明明在意自己，卻故意裝高傲的傻樣；還有，那個記憶中高大男孩的溫暖目光。

雖然，她現在連那男孩是誰都不知道。

她現在死掉，好嗎？

好嗎？

『若不想死，就把自己的右手舉起來。』突然，一個聲音在琴的耳畔響起。『小甘。』

小甘？這人叫自己小甘？

琴身軀一震，手同時舉了起來。

手舉高，正面迎擊的，正是那老男人兇狠的五爪。

「想擋我的爪？」老男人狂笑，「妳知道我是誰？我是丙等星博士，我是特警隊的第三把交椅，我不用出『技』，憑著這爪子就可以把妳全身抓爛啊。」

琴的右手舉得老高。

她不知道此舉的意義，但她卻有信心。

因為那個稱她為小甘的人，不會騙她。

然而就在她的手臂要碰上博士的五爪之際，出乎意料的事情發生了。

老博士的手臂一揮而下，揮到了底，完全沒有遇到阻礙。

「我就說，妳的手怎麼可能擋得住我的爪？我是博士欸。」老博士得意洋洋的說，「我生前花了四年修碩士，七年修博士，還換了四個指導教授，最後修到學校跪著求我離開，我是有星格的咧。」

但是，老博士只高興了兩秒，因為他隨即發現，沒有阻礙的原因並不是因為爪子很鋒利。而是因為揮空了。

琴不見了。

「怎麼回事？」老博士皺眉，然後他像是感應到了什麼，一抬頭，他看見了琴。

琴正站在鋼架上，電影院屋頂的鋼架上。

只是琴的表情，卻比博士還要驚恐。

「我怎麼上來的？」琴看著底下，她這輩子沒跳這麼高過。「剛剛到底發生了什麼事？」

「會飛啊？以新魂來說，算不錯了。」老博士臉色猙獰，雙手一拍，一本書從他的雙掌中出現，「我要速戰速決，出來吧，害人不淺的博士論文。」

這本博士論文有著藍皮，厚達數百頁，裡面密密麻麻都是誰也看不懂的公式。裡面的公式，甚至連老博士自己都不太了解。

「這是他的技？」琴感到越來越慌，她現在該怎麼辦？跳下去嗎？陰魂會雙腿骨折嗎？

這時，那個聲音又出現了。『小甘，妳還真的忘光了，唉。』

「小甘？三釀老人，是你嗎？」琴張嘴喊道。「為什麼我看不到你？」

『道行不夠啊。』那聲音蒼老的笑了。『只好再幫妳一次了。』

「啊？」琴詫異之際，底下老博士的戰局再度發生變化。

老博士雙手打開了那本博士論文，然後裡面的紙，就像是傑克的豌豆一般，瘋狂的往外暴漲。

紙越暴越長，甚至順著電影院的柱子往上蜿蜒，爬向了琴。

「越寫越長，越來越多垃圾，到後來連自己在寫什麼都搞不清楚了。」老博士笑吼。「這就是博士論文啊。」

紙一下子就爬滿了整間電影院的地板，原本在看電影的陰魂紛紛都被紙抓住，捲成一團，而當紙鬆開，陰魂卻已經不見。

而紙上，則多了一張人像，畫的正是滿臉驚恐的魂魄表情。

「我的紙會吃人。」老博士咯咯的笑著，「吃越多，我的道行就越高，這和博士念得越久，就越聰明的道理是一樣的啊。」

眼看繞著柱子往上爬的紙越來越逼近琴，轉瞬間就要咬住她的腳。

而琴再度聽到耳邊的聲音。

『跳。』

「跳？」琴一抖，這可是有兩層樓以上的高度啊。

『妳這小妮子怎麼變囉唆啦。』那聲音低吼，『給我下去。』

這聲『下去』一出，琴感到一股推力將她往外送，然後雙腳懸空，頭下腳上，以倒栽蔥的方式，高速往下衝去。

「啊啊啊，救命啊！」琴拚命尖叫，耳邊都是高速下衝的風聲。

『雙掌朝前。』那聲音混在呼嘯的風聲裡面，再度響起。

「你到底是要殺我？還是救我？」琴持續尖叫。

『要殺妳還不容易？何必這樣大費周章，快舉起雙掌！』

琴一咬牙，舉起雙掌，朝著前方，而一眨眼，她已經高速衝到了那大片紙堆之前。

『看清楚啦，這就是妳曾經擁有的絕招之一。』那聲音低吟。『天雷。』

天雷。

琴看見自己的雙掌，在這片高速下，忽然展現出兩片閃電紅光。

紅光好美，一瞬間就衝入紙堆之中，而所有的紙張也在這秒，化成火海。

滿地的紙張因為天雷而碎開，點燃成火，碎裂的火紙片往四面八方亂衝，充滿了整間電影院。

電影院到處是火紙，好一個融合美麗與暴力，超乎想像的畫面。

琴已經落地，她安然無恙，雙手先在地上撐了一會，整個人才像虛脫似的，摔倒在地。

而站在琴面前的，是不斷發著抖的老博士。

「好可怕，妳破了我的技！」老博士大叫，「我不玩了，這心情就像是延畢，不！就像是數據又出錯啦！」

老博士轉身就跑，他完全沒想到，眼前的琴已經完全脫力，任何一個陰魂都可以輕易宰殺她。

躺在地上的琴，隨著周圍不斷落下的紙火，她始終閉著眼睛，直到一個長長的影子將她籠罩。

『小甘，怎麼樣，打出絕招的感覺如何？』那影子的聲音蒼老。

「我不是小甘。」琴精疲力竭，只能喃喃自語。「我是琴。」

『當年的妳打出的天雷，其威力至少比現在大上十倍。』蒼老的聲音繼續說道，『不過，那已經是妳經過自己改良後的招數了。』

「當年……」

『跟我走吧。』琴感覺到自己被一雙大手抱起，很熟悉的溫暖。『我會盡我的力量幫妳……看在妳還叫我一聲「自由人」的分上。』

「嗯……」

『而且，在我手上，還有妳當年託付給我的東西……』蒼老的聲音冷笑了兩聲。『但得看妳有沒有這個能耐，可以拿走它了。』

電影院外，一台深色的大休旅車內。

坐在後座的老博士全身狼狽，身上披著一件黑色斗篷，還在微微發著抖。

車內還有另外兩個人，一個坐在駕駛座，一個則坐在副駕駛座。

「老博士，真是太沒用了。」坐在副駕駛座上的，是一名女性，整張臉藏在黑色斗篷之中。「我們把最弱的新魂留給你，你竟然失手了。」

「她……她真的是新魂嗎？」老博士喃喃自語，「她的技……我曾經聽過，叫做天雷。」

「天雷？你確定看到的真是武曲的天雷？」女子哼了一聲。「若真的是天雷，其威力之強，足以瞬間毀滅整間電影院，不該只是這樣啊，你是被嚇到，看到什麼都說是天雷啦。」

「我不知道，我真的不知道啦。」老博士苦笑。「但我真的不懂，她似乎很強，但又很弱，她比我的實驗數據還要令人難以捉摸。」

「很強？又很弱？」副駕駛座的女性皺眉。「你在說什麼啊？被嚇瘋了嗎？」

「也許，老博士說得沒錯。」駕駛座的男子接話了，「畢竟對手是武曲，我們的確太掉以輕心了。」

「那我們該怎麼辦？」女子轉頭看向駕駛座的男子，「老大……天魁星．無道。」

天魁星．無道？

位列甲級星，危險等級六十，比橫財與莫言更危險的人物。

「我們還有王牌。」無道慢慢的說著。「老博士，你說你使出了『博士論文』對吧？」

「是，老大。」老博士點頭，語氣中可以聽出對天魁星的畏懼。

「博士論文的紙張，若有萬分之一黏到武曲的身上，就能追出她的行蹤了。」無道說。

「是吧？」

「對欸，老大！」博士眼睛一亮，「你好聰明欸，你應該來念博士……」

「閉嘴。」女子瞪了老博士一眼，「無道，那我們現在該怎麼辦呢？」

「等。」無道把頭枕在雙手下，悠閒的閉上了眼睛。

「啊？等？」

「我們可不是三釀老人的對手，所以我們要等，等到武曲落單的時候。」

「喔。」

「放心，這次的任務，我們絕對不會拱手讓給駐警和巡警的。」無道冷冷一笑，「武曲的命，肯定是我們的。」

博士星・老博士

危險等級：2
外型：四十幾歲，但仍做學生打扮。
星格：丙等星。
能力：「害人不淺的博士論文」。

博士論文的外表是一本藍色書皮的書，裡面寫滿了各種沒人搞得懂（包括他自己）的公式與理論，當老博士打開了這本書，裡面的紙就像是雨林中的藤蔓，會到處抓陰魂吃掉，並吸取其能量。

老博士在貪狼星旗下的特警中，是第三號人物，僅次於第一的天魁星「無道」和第二的封誥星「若男」。

第四章・破軍

4.1 喪門與龍池

破軍現在在哪？

抑或說，柏現在在哪？

柏正跟著他半師半友的教練「阿歲」，來到了西街的一家Pub內。

這家Pub叫做「巫婆的魔術湯」，恰好也是歌唱比賽參賽者「蓉蓉」的祕密基地，而蓉蓉更在因緣際會下，帶了小靜來到這裡。

柏在阿歲的帶領下，走進了巫婆的魔術湯，抬頭四望，他發現這裡的魂魄其實不少。

他們三三兩兩的混在人群裡，有的坐在桌子旁、柱子邊，或是牆壁角落，更有幾隻魂魄，看起來比較有道行的，盤著腿，倒坐在天花板上。

只是柏的眼睛，最後卻停在整個Pub的中心處，一張大圓桌上。

為什麼眼神最後停在這？

柏比誰都清楚，因為「風」，這裡最強。

這表示，坐在這桌的人，最強。

圓桌旁，總共坐了兩名魂魄。

一個身穿黑衣的男人，臉上愁眉苦臉，宛如別人欠了他千萬元，又剛死了一卡車的親朋好友。

「他叫做喪門，是政府官員，隸屬於天相門下。」阿歲對著柏小聲的說。「天相現在在政府中當權，掌握政府軍權，與貪狼黑白無常的警察系統掛鉤，兩人勢力如日中天。」

「那另一個呢？」柏真正注意的，是另一個人。

這個人與喪門給人的感覺截然不同，他雙腳放在桌上，嘴角叼著大菸，身穿黑色皮衣，露出肌肉糾結的胸膛。

「他是龍池星。」阿歲聲音又更小了。

「幹嘛把聲音變小？」柏皺眉，「有這麼可怕？」

「是啊，龍池的星格是乙等，危險等級四，直逼甲級星，而他危險等級這麼高的原因還有一個……」

「什麼原因？」

「他就是海幫的幫主。」

「海幫……啊！」柏啊的一聲，「我記得海幫，福八帶我去撿拾戰場寶物的時候，曾經說過，這裡是海幫、公路幫、雪幫的戰場。」

「你還知道公路幫和雪幫啊？不錯不錯，現今的陰界黑幫勢力分布錯綜複雜，除了頂頭的政府之外，僧幫和道幫屬於又古老又龐大的大幫派，紅樓快速崛起，其他小幫派數一數，上得了檯面的不過六七個。」

「海幫就是其中之一？」柏看著坐在Pub中央的龍池。

「沒錯，海幫是討海維生的魂魄所組成，幫中兩大強者，一就是幫主龍池，二是副幫主鳳閣。」阿歲說，「兩人聯手創立了海幫，幫眾超過兩千，分布在沿海地帶，個性兇悍，不容小覷。」

「喪門與龍池……我不懂。」柏搖頭。

「哪裡不懂？」

「政府的喪門，和海幫的龍池，政府與黑幫不是應該敵對嗎？怎麼會在一起喝酒聽音樂？」

「敵對只是表面，」阿歲說到這，忍不住搖了搖頭。「黑幫的存在，多半是政府默許的，因為黑幫怕政府全面剿殺，而政府更需要黑幫替他管理地方事務，尤其是那些政府不方便出面的事，找黑幫最適合了。」

「嗯，這樣說，我就有點理解了。」柏當然懂，他在陽世就是黑幫的一分子。

在陽世，很多犯了重罪的逃犯，政府無法用光明與合法手段給予教訓的時候，就需要黑幫出手。

在陽世，很多擁有強烈地方性色彩的區域，「法律」只是一本死板板的教條，真正有彈性的管理，還是需要黑幫出手。

而且一旦沒有了黑幫，這些血氣方剛的黑幫分子失去了管束，將會造成更大的社會問題。

黑幫與政府，就像是劍的兩刃，只要有一面在光明，另一面就會在陰暗處。相生相剋，無法分割。

「但是啊，」阿歲繼續說著，「黑幫不能過於龐大，如果失去控制，政府就必須出手，反之，要是黑幫被政府壓抑過了頭，就會引來更強的反撲……數十年的三大黑幫與政府的對決，就是如此。」

「嗯，我知道，最後黑幫敗北，十字幫瓦解了。」柏進到陰界以來，已經聽過了好幾次。他發現，每個魂魄訴說著當年三大黑幫壯盛時期的時候，竟都不約而同的帶著一股懷念的語氣。

懷念著黑幫強大的時候，那種充滿生命力的時代。

「黑幫的敗北，也未必是好事啊，唉，政府無限坐大，遲早會再出事的。」阿歲搖了搖頭，他看著喪門與龍池，「不過，你倒是提醒了一點，這點很奇怪。」

「嗯？」

「政府官員與黑幫就算有聯繫，通常也是透過電話、簡訊，或是暗號，盡量減少真正的接觸……」阿歲邊說著，邊走進了Pub內，找了一張位在角落的空椅子，坐了下來，順便替柏拉來了另一張椅子。「很少兩個有分量的人物，親自會談的。」

柏瞇起眼睛，點了點頭。

喪門與龍池兩人，始終低頭說話，彷彿在商量著什麼重要的事情。

「肯定有事。」

「沒錯，肯定有大事，才需要親自出動喪門和龍池兩大高手。」阿歲興味盎然的看了兩個人一下，然後從口袋掏出了一支手機。

「你要做什麼？」柏看著阿歲，疑惑的問。

「賣錢。」

「賣錢？」

「賣消息賺錢啊……陰界小報與陽世報紙一樣，超級嗜血，對於這種充滿祕密的照片，開的價碼都不錯。」阿歲拿起手機喀嚓喀嚓兩聲，喪門和龍池兩人的側臉，被忠實的紀錄在昏黃的照片裡。

「陰界也有小報？也有相機？」

「陰界的科技和陽世同步，當然有相機，不過我們一切科技的根源，都是『陰獸』，陰獸是一種能量集合體，所以可以進而變化出各種科技形態，這說起來太囉唆，以後再和你說吧。」阿歲臉露貪婪微笑。「至於小報，只要有人，就有八卦，不是嗎？」

「呃，這樣說也對啦。」

「不過，真正要賣錢，可不能只靠幾張照片，還要有爆點。」阿歲把相機放在桌上，「這時候就要讓我的技登場了，你沒看過我的技，對吧？」

「咦？」柏一愣，對啊，他是沒看過阿歲的技，他只知道阿歲是丁等歲建星，道行底子深厚，倒從沒看過他施展技。

「你一開始還是黑暗巴別塔菜鳥的時候，你知道為什麼我能準確的發掘你嗎？」阿歲的手機，在完全沒有觸碰的情況下，自己開始緩緩發光。

「為什麼？」

「因為情報。」

「情報？」

「是的，你每一場比賽，我都能精準的掌握對手的一切，就是因為情報。」阿歲微微一笑，「情報，就是我的技。」

柏沉吟了一下，搖頭。

「不懂嗎？」阿歲桌上的手機發出的光芒顏色，開始改變。「那你看好啦。」

柏看著桌上的手機，突然長出了六隻腳。

六隻機械的昆蟲腳一落地，手機的電池蓋便往左右掀開，變成了一對翅膀。

而原本天線的部分則自動延長，變成了一根針管。

忽然，柏有點懂了，這根本不是一支手機，這是一種昆蟲，陽世人非常熟悉，也非常討厭的一種吸血飛蟲。

「蚊子？」

「正確來說，是母蚊子。」阿歲微微笑著，輕輕在桌面敲了兩下，這隻金屬蚊振動翅膀，嗡的一聲，飛了起來。

「蚊子要怎麼收集情報？」

「看著吧。」阿歲一笑，機械蚊子往前飛去，穿過一桌又一桌的人類與陰魂，最後停在喪門與龍池的正上方。

而阿歲則慢條斯理的從口袋中拿出一個類似藍芽耳機的物體，柏仔細一看，這哪裡是藍芽耳機。

那根本就是另外一隻蚊子，但體型較小，而且似乎比較不具攻擊力。

「另一隻蚊子？」

「呸，你在陽世不愛看書對吧？這是公蚊。」阿歲瞪了柏一眼，「母蚊體積大，具攻擊性，愛吸血；公蚊體積小，無辜到處晃，但常常被人打死的都是公蚊。」

「誤殺無辜？這就是人生啊。」柏聳肩，「那和情報有什麼關係？」

「仔細聽好啦。」阿歲把公蚊放到了桌上，只見公蚊晃動了兩下翅膀，竟然自己發出了聲音。

這聲音是兩個男人在交談。

柏仔細一聽，兩個男人之中，一個講話尖銳，宛如深夜鬼哭，似乎是政府官員中的喪門。

『……這件事，就拜託你們海幫了。』

另一個聲音低沉沙啞，從聲音中就可以感覺出濃厚的草莽習氣。

這聲音，是龍池。

『嗯，但要天相別忘了……』

那尖銳聲音的男子接口，『當然，我們天相岳老是何等人物？怎麼可能食言？』

聽到岳老兩字，柏察覺到，眼前的阿歲身體抖了一下。

柏正要追問，蚊子又繼續傳來說話聲。

『哼，你們政府都開口了，我們小幫派為了不怕被你們剿滅，當然只能照辦。』龍池語氣不屑，『不過天相也太小心，就算對方是十四主星之一，重回陰界又怎麼樣？天相手握政府大權，配合貪狼警網，她手下幫眾早已瓦解，又有何懼？』

『嘿，這上頭的想法，我們很難猜，但我們是辦事的人，話少問一點，頭顱就穩一點。』

『那是你。』龍池依然大剌剌的講著，『我就是不懂，天相在怕什麼？難道有什麼祕密嗎？不能光明正大打一場？』

『嘿。』喪門眼睛瞇起，手伸出兩指，阻住了龍池的說話。『小心隔牆有耳。』

『放屁。』龍池哼了一聲，語氣不屑。『若真是隔牆有耳，我就把那耳朵掏出來幹掉不就好了？』

『龍池老兄，別說了別說了，既然我們都來這裡了，這裡最有名的就是歌聲，人家說，陰界的歌聲就如同陽世的美酒，百年醇酒難找，一如美妙歌聲難尋。』喪門尖銳的笑著，『既然已經談定，我們就好好聽歌，好好享受一下這如醇酒般的歌聲吧。』

『哼。』龍池不再說話，將目光轉向了小舞台，而此時的小舞台上，是幾個樂手正在調整樂器，一看就知道接下來是重量級人物要登台了。

而畫面，轉到了阿歲和柏這邊。

只見阿歲的表情極為怪異，似乎為剛才的對話感到深深震驚著。

「阿歲，怎麼了？他們的對話很嚇人嗎？」柏試圖輕鬆的說。

「呵呵。」阿歲乾笑兩聲。「還挺嚇人的。」

「怎麼說?」

「有一個人回來了,而政府的掌權者『天相』不顧一切,不僅動用了警網,甚至要聯合小幫派,一口氣把這人給圍殺出來。」阿歲苦笑,「這消息嚇不嚇人?」

「哪個人這麼厲害?」柏的興趣被激起。

「這個人……」阿歲正要說話,遠處的小舞台,樂手們已經調好了樂器,而主歌手也站到了舞台上。

這次的主歌手有兩位,她們的身材纖細而勻稱,是兩名陽世的妙齡女子。

「是哪個人這麼厲害?」柏問。

舞台上,其中一個外表打扮新潮亮麗,台風穩健的女孩握住了麥克風,開口說話。『各位好,我們是今晚十一點的主唱,我叫做蓉蓉,而我另一位夥伴的名字……』

「天相親自下令追殺的那個人……」同時間,舞台下,阿歲深吸了一口氣,開口說了。

舞台上,蓉蓉拉高分貝,大叫道:『她叫做小靜!』

舞台下,阿歲降低音量,在柏的耳邊低語:『她叫做武曲,琴。』

這一秒鐘,在喧鬧狂亂的 Pub 中,柏聽到了兩個名字,兩個他很熟悉又很陌生,兩個將緊緊聯繫著他過去與未來,生與死,愛與恨的兩個名字。

竟同時出現了。

她們是小靜,與武曲琴。

4.2 一音子

陽世，巫婆的魔術湯。

小靜在蓉蓉的半強迫下，站到了小舞台上。

木製的小舞台上，後面是簡單的樂器，包括小鼓、吉他，和一名鋼琴手。

小靜站在舞台上的時候，看著底下一桌又一桌的人們，他們有的在喝酒，有的在聊天，小靜突然意識到壓力，自己真的可以在這群完全不認識的人面前，開口唱歌嗎？

而小靜身旁的蓉蓉則早已熟練的抓起麥克風，對著底下的聽眾，大聲吼出來。

「各位聽眾，我是今晚十一點的代班歌手，我叫做蓉蓉。」

蓉蓉的嗓音渾亮，低沉中帶著強大穿透力，瞬間將所有人的耳朵吸引了過來。

「而我特別要介紹的是，我今晚的搭檔……小靜。」

「小靜？」底下的聽眾開始切切私語，互相打聽這陌生的名字。「這誰啊？你有聽過嗎？」

「沒有欸，新來的歌手嗎？」「看起來很嫩啊。」「會很冷吧我想。」「唱不好我們就噓她吧。」

小靜感覺自己的手心慢慢冷了起來。

她真的能唱嗎？這時段裡，會在音樂 Pub 流連的聽眾，通常都具有一定的音樂素養，她甚至懷疑幾個人，就是某些電台的DJ，或是唱片公司的音樂人。

「別怕，小靜。」蓉蓉微微一笑，「我等會先唱一段，然後，唱到第二段就交給妳。」

「啊？第二段就交給我？」小靜嚇了一跳，「我們都沒有Re過？」

「歌唱比賽不都是這樣嗎？測驗臨場反應，妳沒問題的啦。」蓉蓉微笑，對小靜眨了眨眼睛。

「可是……哪一首歌？」

「聽我唱就知道了。」

「欸？」小靜正要抗議，蓉蓉摟了一下小靜的肩膀，「沒問題的啦。」

然後蓉蓉雙手握起麥克風，眼睛緩緩閉上，粉紅色透明口紅的嘴唇，微微張開。

一個聲音從她的唇邊，輕輕的吐了出來。

「玫瑰，玫瑰，最嬌媚……」

小靜明白了，這是〈玫瑰玫瑰我愛你〉，是一首膾炙人口的老歌，以沉穩與優美的曲調，征服過上千萬人的耳朵。

而蓉蓉的聲音非常爵士，渾厚沙啞，帶著些許迷幻的女聲，簡直就是天生為了詮釋這首歌而出生的歌喉。

「玫瑰玫瑰最嬌美，玫瑰玫瑰最豔麗，長夏開在枝頭上，玫瑰玫瑰我愛你，玫瑰玫瑰情意重……」

只聽到蓉蓉閉著眼睛，嘴裡輕唱著「玫瑰玫瑰」，昏黃的Pub燈光，微醺的氣氛，短短幾分鐘內，就讓底下的聽眾醉了。

而這群聽眾中，那個一手打造這家Pub的女老闆，雀姊，在這時候露出了一個古怪的笑。

「這個蓉蓉啊，這首歌唱得真好，嗯，有趣有趣，甚至比我聽過的任何一次都好。」雀姊閉著眼睛，連耳朵極度挑剔的她，都因為這首歌而產生了醉意。「蓉蓉這女孩超好強，她會突然進步，是因為身邊有個令她重視的對手嗎？」

「**傷了嫩枝和嬌蕊，玫瑰玫瑰心兒堅，玫瑰玫瑰刺兒尖，來日風雨來摧毀，毀不了並蒂枝連理，玫瑰玫瑰……我愛你。**」

舞台上，蓉蓉整個人，整個舞台，還有她的歌聲，宛如融為一體。

化成一股濃濃的酒暈，薰醉了每個人的心靈。

雀姊當然也在其中，但她再度出現了古怪的笑容。「只是蓉蓉啊，妳在耍什麼心機，妳以為雀姊我不知道嗎？妳第一次就打出王牌，不只是想試出對方的斤兩，如果對方沒接下妳的招數……可能從此就會失去信心，徹底在舞台上消失。」

雀姊拿起了一杯酒，朝著舞台上已經唱到尾聲的蓉蓉，搖了搖冰塊，彷彿在表達敬意。

「只是，蓉蓉啊，以妳的超強實力，竟會出這樣的心機招，難道妳這麼害怕這個……『小靜』嗎？」

蓉蓉的第一段即將結束，她的眼神瞄向了小靜，暗示小靜準備接下第二段。

在這一秒鐘，小靜的腦袋瞬間一片空白。

她從來沒有在這麼多人面前唱過歌啊，她從來沒在Pub唱過歌啊，更別提〈玫瑰玫瑰我愛你〉原本就不是她的拿手歌，她怎麼接得下第二段？

更何況，蓉蓉唱得好好喔。

低沉、沙啞、迷幻，簡直就替這首古典老歌寫下了最完美的詮釋。

她的歌聲單純，怎麼唱這首充滿了都市女子慵懶氣息的歌呢？

「啦，啦，啦。」蓉蓉唱到了玫瑰玫瑰第一段的尾聲，將小靜一把拉過，同時間，樂器也開始轉變音調。

準備要迎接第二段了。

三秒。

小靜感到手腳冰冷，腦袋空白。

兩秒。

她張開嘴巴，卻發現一點聲音也沒有。

一秒。

更糟的是，她竟然連一句歌詞都記不起來。

「換妳囉，小靜，嘻嘻，加油喔。」蓉蓉低語。

剎那間，小靜覺得整個世界和她突然都失去了聲音，她唱不出來，一句話、一個音符都唱不出來。

她完蛋了嗎？小靜幾乎要哭出來，原來她根本不適合唱歌，原來她所謂的夢想，是個一戳就破的彩色泡泡。

原來……

原來，原來……

陰界，巫婆的魔術湯。

當阿歲說出了那個人的名字。

「你說什麼？」柏突然起身，對著阿歲大叫。

「我說，武曲琴。」阿歲嚇了一跳，他從沒見過這麼激動的柏。

「這名字我好像聽過，但我剛才聽到的不是這個名字！」柏感到自己的身體都在顫抖。

「是另一個名字，另一個！」

「我只說了一個名字啊。」阿歲感到莫名其妙。

「不是，還有一個，是誰說的？」柏顫抖著，他聽到了那個名字，沒錯，就是她的名字。

一個讓柏心安，讓柏願意花自己下半輩子保護，卻再也無法碰觸的女孩。

「咦？」阿歲像是想到了什麼，比了比舞台，「還是你聽到來自舞台的聲音？」

「舞台的聲音？」柏恍然大悟，轉頭，看向了小舞台。

在朦朧的舞台燈光下。

在柏身為陰界魂魄，只能模糊觀察陽世人的視界中。

他，還是認出了她。

纖細的身形，及肩的長髮，始終羞怯的笑容。

她？真的是她？

「小靜？」柏這一秒鐘，他忘了呼吸，他忘了動作，忘了自己身在何處，他只是看著小靜。

他從來沒想到，來到陰界後，自己竟然還有機會再見到她一次。

「欸，柏，你還好吧？」阿歲看到柏痴傻的模樣，忍不住擔心的問。「要不要我把母蚊叫回來，給你打一針，我可以調輕毒量，不會死，但可以好好睡一覺。」

「是她，真的是她。」

「是誰？」阿歲好奇的看著柏，又看著舞台上的小靜。「她是你的誰？」

「她是我的誰？」柏在一瞬間愣住，對啊，小靜是我的誰？而我又是小靜的誰？愛人？親人？知己？

「是你的誰啊？」阿歲拿下白色鴨舌帽，抓了抓頭髮。「這麼緊張。」

「是朋友。」柏頹然的坐回了椅子上，「我想只是朋友而已。」

「在陰界遇到陽世的故友，這種事難免啦，不過你的記憶還留得挺久的勒。」阿歲抓了抓柏的肩膀。「放心啦，進入陰界半年內，都會慢慢忘記，變成了夢，到時候就不用這麼激動啦。」

「啊，這些記憶都會忘記嗎？」柏看著阿歲，對啊，福八好像也說過類似的話。

陰界的夢，是陽世的記憶。

而陽世的夢，更是陰界未清的記憶碎片。

「對啊，只要怨念不要太深，都會慢慢忘記啦。」阿歲露出饒有興味的笑，「怎麼？你不想忘記她？」

「嗯……」柏咬著牙。

他不願忘記，因為那是他二十幾年的陽世悲慘命運中，最珍貴的部分啊。

就在這時候，舞台上的歌聲響了起來。

是那個帶著小靜上台的女孩，蓉蓉，開口唱起了歌。

「玫瑰玫瑰，最嬌美……」

這一秒鐘，眼前的異象，讓柏睜大了眼睛，甚至短暫忘記了見到小靜的震撼。

因為，蓉蓉這個人的軀體，在她唱歌的時候，竟然完全消失了。

只剩下一個彩色的靈魂，靈魂隨著每個音符顫動，都飛出朵朵美麗彩色的泡泡。

泡泡極美，表面上流轉著各種色彩，在Pub的每一處緩緩飄動。

「這泡泡就叫做音子。」阿歲在柏的身邊說道，「很美吧，這可不是一般陽世歌手唱得出來的喔，只有具備震撼靈魂能力的歌手，才能唱出的音子。」

「音子？」柏看著一枚泡泡，從舞台上飄到了自己的面前，然後在自己的眼前輕輕晃動著。

仔細一看，這枚彩色的音子上，顏色屬於暗色系，剛好對照蓉蓉獨特的低沉嗓音。

「擠看看。」阿歲微笑，在他的面前，也同樣有著一顆渾圓美麗的音子。

「嗯。」柏用雙手握住音子，然後微微用力，只聽到啵的一聲。

這枚音子，就這樣在柏的手掌之中，破了。

這一破，隨之而來的，是一股濃烈溫暖，宛如百年醇酒的氣味，包圍住了柏的五感。眼、耳、鼻、舌，甚至是觸覺，都在這剎那品嚐到了讓人痴醉的音子芬芳。

「低沉渾厚，就像是威士忌。」柏閉著眼睛，享受著音子帶給他的強烈衝擊。「不，它雖然像酒，但不是陽世任何一種酒所能比擬，真是好，好喝啊。」

「當陰魂不錯吧，因為我們可以直接用靈魂感覺音樂。」阿歲說著說著，也擠破了他面前的音子。

同樣閉上了眼睛，陶醉在這片音樂酒香中。

「嗯，第一次覺得當陰魂不錯。」柏的嘴角忍不住揚起，他發現整間 Pub 的陰魂都有著一模一樣的表情。

沉醉，無比的沉醉。

「而且難得喔。」阿歲閉著眼睛，語氣興奮。「這次蓉蓉的音子，比以前都要來得好呢。」

「喔？」

「音子還帶著淡淡的辣味，嘿，是受到什麼刺激，才爆發出這麼完美的音子嗎？」阿歲的眼睛還是閉著，表情卻極度享受。

「刺激？」

「算了，當我沒說。」阿歲微微一頓，「啊，音子減少了，蓉蓉的歌曲已經到了尾聲，接下來……是你的好朋友了嗎？柏。」

「我的好朋友……小靜嗎？」柏感到心跳猛然加速，「她要唱歌？」

「你朋友行嗎？」阿歲又抓了一個音子品嚐著，他已經喝下五六個音子了。「要知道，剛剛魂魄們才品嚐過這間 Pub 有史以來最棒的歌聲喔，你朋友一上台，要是丟了臉，事情可不是這麼容易就解決的。」

「不容易解決？」柏皺眉。「什麼意思。」

「不只是陽世的居民會抗議，會羞辱台上的歌手，陰魂們更會生氣，我們也許無法實質的傷害到歌手，但會擾亂歌手的運勢，如果她命不夠硬，搞不好會倒楣上好幾個月咧。」

阿歲吸完了最後一顆蓉蓉的音子，仍不肯睜開眼睛，彷彿在品嚐酒杯中最後一滴美酒。

「這麼慘？」柏發現自己的右拳握緊，他在擔心小靜，是的，他不是沒聽過小靜唱歌。

小靜的歌聲很純淨、很單純，就像是她目前為止的人生一樣。

那是一片沒有半點雜質，清澈無比的湖。

但這樣的湖，真的能征服面前這上百個聽眾嗎？這些聽眾甚至還包括了用靈魂在品嚐音樂的……魂魄？

就算可以，柏仍擔心另外一件事，那就是小靜害羞內向的個性，會不會因此怯場，而無法發揮真正的實力？

就在柏擔心到有點胡思亂想的時候，舞台上的情況已經發生了變化。

蓉蓉低頭對台下觀眾一鞠躬，在如雷的掌聲中，她順勢往後退，把小靜推上了舞台的中心。

小靜，一個人孤零零的站在舞台中央。

她的手在抖。

她的眼神渙散。

她張開口，卻沒有半點聲音。

「糟糕。」柏的右拳握得好緊，緊到手心都是汗。「小靜慌了。」

我得做些什麼才行，小靜這女孩太單純，她太容易害怕了。

我得做些什麼才行啊。

「果真是不行，只是沒想到會這麼糟啊。」阿歲睜開眼睛，用手扶了扶鴨舌帽，「欸，柏，你的朋友完了，你知道嗎？」

柏沒有回話。

「柏，你有沒有在聽啊？你朋友掛在舞台上啦，陰魂開始生氣，就連甲級星都保不了她……柏，你有沒有在聽啊？」阿歲笑笑看著舞台，然後把臉轉向了柏。

下一秒，阿歲的表情陡然扭曲。

因為不見了。

柏不在位子上，他不見了。

彷彿直覺式的，阿歲猛一扭頭，他將目光對向了舞台。

舞台上，除了小靜、蓉蓉、樂團之外，還多了一個影子。

那是一個英挺，渾身悍氣的魂魄。

「欸？柏，你搞什麼啊？」阿歲一驚起身，「陽世的歌手唱不好，頂多倒楣幾個月，你是陰魂，一旦被遷怒，是會被碎屍萬段的啊。」

阿歲無奈下一咬牙，將手指向還停在喪門頭上，那隻手機變成的母蚊。

指尖顫動，阿歲確實下達了指令。

「母蚊，等會若是陰魂要撲上去，你就替柏擋一陣吧。」阿歲苦笑，「好歹也投資這麼多時間在這傢伙身上了，別莫名其妙就泡湯了。」

柏上了舞台，他究竟要做什麼呢？

坦白說，柏自己也不知道。

他只是站在小靜的背後，他發現，陰魂眼中的人類，模樣與陽世並不同。

他不只看到了一個纖細的女性軀體。

他更看到在軀體下面，一個正在害怕的柔弱靈魂。

他能感覺到小靜的害怕，也因為知道了小靜的害怕，柏決定做一件事。

就像是父母親撫慰害怕嬰孩的方法，最原始、最根本，也是最溫暖的方法。

擁抱。

柏輕輕的、溫柔的、堅強的，擁抱了小靜的靈魂。

然後，柏笑了。

淺淺的微笑了。

因為他終於聽到了，小靜的聲音。

她的喉嚨，不再因為緊張而完全閉鎖，她唱出了歌聲。

而且，還是柏記憶中的歌聲。

她唱出來了。

然後柏訝異了，帶點驚喜的訝異了，原來……她的音子，竟是這副模樣？

4.3 小靜的音子

陽世，巫婆的魔術湯。

小舞台上，小靜雙手緊抓著麥克風，她的腦袋一片空白，歌詞？旋律？她一個字都想不出來。

她好想哭。

她不該走上歌唱這條路的，她沒那個能耐，連眼前這百名聽眾她都怕。

而旁邊的蓉蓉，則露出又是惋惜又是鬆一口氣的表情。

「呼。」蓉蓉淡淡一笑，「就算是能遮天的大樹……只要在種子的時候挖出土裡，就沒事了。」

小靜的頭慢慢低下，她還是唱不出聲音，背後樂隊的配樂也無法掩護她了。

她完了。

她徹徹底底的完了。

只是，就在她雙手握住直立的麥克風，低下頭的時候。

忽然，她感覺到自己的手暖暖的。

原本已經冰冷到失去知覺的雙手，為什麼還能感覺到溫暖？

小靜詫異的抬頭。

而且，不只是她的手，這次她感覺到溫暖就像是風，正緩緩的包圍住她。不是體溫觸碰所產生的暖流，這是來自靈魂的溫暖之風。濃烈且強悍的風，正緊緊裹住了她。

「喂，柏，是你嗎？」小靜的眼眶溼了，自言自語。「是你嗎？如果是你和學姊在我旁邊，我就不怕囉。」

我就不怕囉。

小靜昂起頭，深深吸了一口氣，彷彿把 Pub 所有的燈光都吸入了她的肺部，然後她張開了口，化成千萬倍的能量，爆發了出來。

小靜沒有管聽眾的反應，她只是自顧自的繼續唱著。

如同在千萬公里內都空無一人的湖中孤島，周圍只有風與水，她一氣呵成的唱著。

玫瑰玫瑰最嬌美　玫瑰玫瑰最豔麗
長夏開在枝頭上　玫瑰玫瑰我愛你
玫瑰玫瑰情意重　玫瑰玫瑰情意濃
長夏開在荊棘裡　玫瑰玫瑰我愛你
心的誓約　心的情意　聖潔的光輝照大地
心的誓約　心的情意　聖潔的光輝照大地
玫瑰玫瑰枝兒細　玫瑰玫瑰刺兒銳

今朝風雨來摧殘　傷了嫩枝和嬌蕊
玫瑰玫瑰心兒堅　玫瑰玫瑰刺兒尖
來日風雨來摧毀　毀不了並蒂枝連理
玫瑰玫瑰我愛你

等到唱完，小靜睜開了眼睛。

她發現，現場的聽眾先是全部停住了幾秒，然後不約而同的吸了一口大氣，才有第一個人動起了雙手。

啪，啪，啪，啪啪，啪啪，啪啪啪，啪啪啪……啪啪啪啪啪啪啪……

只聽到鼓掌聲就像是小河匯集成大川，越來越響，也越來越密集，最後更成為長達數分鐘的誠摯讚美。

在鼓掌聲中，更混著聽眾的高喊與口哨聲。

「唱得還不錯嘛，小妹妹。」「雖然沒有說完美，但有感動到我喔。」「對啊，奇怪，我眼眶都有點溼了。」「以後我會支持妳的，要繼續努力喔。」「要加油喔，有天出了專輯，我會買的。」

也許是被小靜純淨的歌聲所感動，原本帶著挑剔心情的聽眾們，紛紛面露祥和的微笑，奮力鼓掌。

更有人閉上眼睛，輕輕搖晃腦袋，讓小靜的歌聲在腦海中迴盪，因為他發現，一整天下來的疲倦與煩躁，竟在小靜的歌聲中，得到了紓解。

就連巫婆魔術湯的女老闆，擁有比誰都銳利耳力的雀姊，都享受的閉上了眼睛，數分鐘都說不出話來。

終於，她端起了咖啡，輕喝一口後，眼睛也隨之睜開。

「親愛的蓉蓉啊，關於這件事，我真的得稱讚妳。」她輕笑了一聲，搖了搖頭，「就算妳心術不正，但妳的耳朵很準，妳這對手的潛力好驚人啊。」

「妳的這個朋友，不只是池塘而已，她的聲音是大海。」雀姊一笑。「只是現在這海還太寧靜，所以尚未被人察覺啊。」

當整間 Pub 都因為小靜的歌聲而感到愉悅舒適之際，那些直接用靈魂感受音樂的魂魄呢？

他們又從小靜的聲音中，看見了什麼樣的世界？

陰界。

就在柏給了小靜一個真正的靈魂擁抱同時，小靜終於找到了自己的聲音。

她的歌聲，醒了。

宛如湖泊深處，開始發出清澈迴音。

而下一秒，讓柏詫異的，卻是小靜歌聲中的「音子」。

原來，音子，還可以長這種樣子？

「是因為我沒看過什麼音子嗎？」柏低頭，注視著小靜歌聲中散發的音子。「這音子的形狀，還真特別。」

不過，不只是柏，就連阿歲，甚至是一整間Pub的鬼魂，都因為小靜的音子形狀而呆住。

完全的靜默，完全的呆住。

「音子，就像是陰界的酒，我聽過這麼多陽世成名的歌手，最多也只是影響泡泡裡面的氣味濃不濃郁，顏色漂不漂亮，但……那音子畢竟還是泡泡啊。」阿歲拿下了帽子，猛抓頭。

「但這女孩的音子，竟然已經脫離了泡泡的形狀？」

是的，小靜歌聲的音子，已經脫離了泡泡的形狀。

她是一片水，宛如湖泊的水。

隨著她純淨的歌聲，每個音符、每句語氣轉折，竟讓整間Pub都緩緩被這一片湖給淹了進來。

先是流到了每個人的腳底，然後隨著小靜歌聲的高潮，又慢慢的升到了腳踝，更一點一點往上升著。

「音子之水？」

阿歲看著腳踝邊波光粼粼的音子之水，正因為音符的起伏而流轉出美麗的顏色，其色深沉如琥珀，又絢麗如彩虹。

阿歲忍不住，彎下身子，用雙手掬起音子之水，然後輕輕吸了一口。

「啊，冰涼，好冰涼。」阿歲的腦海中先浮出了這兩個字，但他的表情卻馬上改變了。因為他發現，在「冰涼」的後面，竟然還有更多的東西。

微甜的、微苦的、一點哀傷的、又一點喜悅的，那是一種複雜的味道。

只是這些可能演變成驚世美味的味道，卻因為沒有更進一步被開發，而略顯深度不足。但，光是這樣，就足以證明這陽世女孩的歌喉，擁有震撼整個陰界的潛力。

「以前的音子，不過是水上浮出來的小泡泡，如今，竟有人的音子渾厚到可以變成了水，等到她經歷更多的訓練、更多的經歷，這些水甚至會變成湖泊，哪一天，甚至可能變成大海。」阿歲表情慎重，「大海一旦掀起滔天巨浪，絕對能震撼陰界。」

阿歲咕嚕一聲，吞了一下口水。

身為黑暗巴別塔經紀人的他，對於潛力與金錢，原本就有異於常人的直覺。

他肯定，這個女孩是一支千載難逢的資優股。

但是，正當阿歲忍不住要從口袋裡面掏出算盤，來敲一敲，究竟這女孩能替自己帶來多少收入的時候……

忽然，他看見了小舞台上的柏，正對著他揮手。

阿歲也跟著揮手，還不忘豎起大拇指。「小子，你朋友不錯，我知道啦。」

柏還在揮手。

阿歲又揮了揮手。「好啦，別那麼激動啦，又不是要去當兵，幹嘛一直揮手道別啊。」

柏，還在揮手，而且越揮越急。

「欸？」阿歲皺眉，「你瘋了嗎？真的要去當兵？陰界沒有兵役啦。」

柏拚命揮手之餘，嘴裡止大嚷著什麼……

吵鬧的Pub中，阿歲只能順著唇形，一個字一個字的唸了出來。

「快，收，回，母，蚊。」

「啊？」

「技，消，失，了，啊。」柏拚命用嘴型吼著。

「啊？技消失了？」就在阿歲訝異不解的同一時間，只聽到鏘的一聲，那是金屬機械摔到玻璃桌面的尖銳巨聲。

整間Pub頓時安靜下來。

所有人的目光，全部都集中到同一個地方。

Pub中央的玻璃圓桌上，那裡，正躺著一支摔成半碎的手機，手機還隱約可以見到蚊子的形狀。

而蚊子手機旁，則是兩個又驚又怒的男子。

他們正是兩大強者，「龍池」、「喪門」。

「混蛋啊，敢太歲頭上動土！」龍池怒吼，拳頭用力鎚了一下桌面，玻璃桌面登時化成千萬顆微粒，往四面八方飛濺。「所有海幫聽命！把那個傢伙給我碎屍萬段！」

陽世，巫婆的魔術湯。

小靜唱完這首歌，迎面而來的，是蓉蓉飛撲而來的擁抱。

小靜發現，蓉蓉擁抱的好用力，除了讚美之外，似乎還有其他情感在裡面。

「蓉蓉，怎麼啦？」小靜輕聲問。

「好討厭。」蓉蓉抱著小靜，語帶輕微哽咽。

「啊？討厭？」

「好討厭，好討厭。」蓉蓉的聲音中都是鼻音。「討厭，連我都愛上了妳的歌聲了啦。」

「妳還好嗎？蓉蓉。」小靜溫柔的回抱蓉蓉。

「沒，沒事。」蓉蓉深吸了一口氣，收拾情緒，離開了與小靜的擁抱。「小靜，妳要答應我一件事，好嗎？」

「嗯？」

「繼續唱下去。」蓉蓉輕聲的在小靜耳邊說，「因為我已經是妳的歌迷了。」

「哎，」小靜臉微微泛紅，「蓉蓉妳幹嘛這麼說，我也是妳的歌迷啊。」

「呵，那不一樣啦，不過我們要一起努力喔。」蓉蓉右手握拳，「嘿，加油！」

「加油！」小靜微微一笑。

「那我們繼續唱歌，今晚有一個小時是我們的。」蓉蓉打開了樂譜，「接下來要讓聽眾點歌囉。」

「嗯，對了，在唱下一首歌之前……」小靜低聲說，「蓉蓉，妳有沒有感覺到，Pub好像有些不同了。」

「有些不同？」

「是啊。」小靜站在舞台上，環顧著四周，「好像……變吵了？」

「變吵？」蓉蓉也學小靜，眼光繞了Pub一圈，她不禁失笑，「Pub本來就是這樣啊，有人喝酒，有人聊天，聲音大一點氣氛才high啊。」

「不是不是，我不是說人們聊天的聲音變大了。」小靜側著頭，似乎努力傾聽著空氣中某種正在改變的氛圍。

這氛圍，彷彿一碗被逐漸加溫的水，正不斷朝著沸騰的方向前進。

「那妳是說什麼？」蓉蓉搖頭。

「好像打起來了。」小靜露出一個自己都不懂得的尷尬微笑。「感覺上，好像空氣在這裡，打起來了。」

「呃。」

「別管我，蓉蓉，我們唱歌，我們唱歌吧。」小靜一笑，「今晚，我們得培養出足夠的默契呢。」

「喔。」蓉蓉微笑。「沒問題的啦。」

只是，無論是小靜或是蓉蓉，她們都沒有注意到，在這品味音樂的Pub中，有一雙眼睛正散發著炯炯光芒。

那是一雙明亮柔媚的眼睛，正注視著她們。

這眼睛的主人露出了笑容。

一個悲傷而懷念的笑容。

「沒想到，會在這裡碰到妳啊。」

4.4 混戰

陰界。

小靜的懷疑並沒有錯。

整間 Pub 的確是打起來了。

只是打架的世界有些不同，是在陰界，而非陽世。

阿歲的技突然失效，原本負責偵查的「手機母蚊」，直接摔在龍池與喪門的玻璃桌上。等於直接告訴這兩個強者，「有人正在竊聽你們喔，你們小心點！」

龍池一怒，敲破了玻璃桌，同時手一揮，發出震撼的格殺令。「所有海幫聽到，把技的主人給捉出來。」

「怎麼捉？老大？」Pub 中，三十幾名肌肉糾結的壯漢同時回答，幾乎佔了 Pub 陰魂的二分之一。

「什麼怎麼捉？」龍池露出憤怒又陰冷的笑。「不是自己人的，就全部給我殺掉。」

「喝，收到。」三十幾名海幫幫眾，同時回答。

「殺掉？」一名非海幫的陰魂見狀，驚怒回吼，「海幫，你們不要太囂張！」

但這說話的陰魂只說了這句話，因為下一秒，他的頭顱，就已經不在他的脖子上了。

抓下他頭顱的，不是別人，正是龍池。

「看到沒有。」龍池的黑色皮衣在Pub內閃耀，他高舉著這名陰魂的頭顱，嘶吼著。「就是這樣！把這裡的人，全宰了。」

「喝。」三十名幫眾同時動了。

下一秒，他們亮出了各種武器，開始撲殺現場的陰魂。

但奇怪的是，幾個海幫重要人物，並沒有發揮他們的實力，他們不約而同的發出「咦」的聲音。

他們都發現了一個現象，一個從他們進入陰界十餘年以來，從未見過的現象。

「不見了，我的技不見了？」一個海幫幫眾，他的名字叫做章魚，他的技是同時展現八隻手，這八隻手能拿八種不同的武器，是非常兇狠的技。

但他努力催了半天，就是只有兩隻手。

也因為這短短的錯愕，讓他率先挨了一拳。

只是揮拳的敵人，臉上也帶著同樣的錯愕，因為他的拳頭就是技的發源處，拳頭在碰到敵人的瞬間，會伸出牙齒，咬下敵人臉上的肉。

但他的拳頭，卻只是輕輕碰了章魚一下，章魚連眉頭都沒有皺。

「看樣子，你也沒有技啊。」章魚領悟了，摸了摸光頭，咧嘴笑開，同時大手一撈，抓住了對手的脖子，喀啦一聲，折斷。

「雖然不知道怎麼回事。」章魚放掉了這個可憐的敵人，回頭看著這片混亂的戰場，他笑得開懷。「但沒有了技，就拚基本道行，也不錯啊。」

這樣的戰場，對另一個人來說，反而有利。

那就是尚未找到技，只能靠風來追尋敵人攻擊軌跡的，柏。

他從小舞台上，一躍入戰場，在四五十人混戰的戰場中，他感覺到迎面而來一股又一股的風。

然後他低頭，閃過了第一股風，用拳頭往風的側面擊去。

「吼啊。」對方哀號。

柏感覺到他的拳頭擊中了柔軟的腹部，無輪是人類或是魂魄共同的弱點。

然後第二股風又來了，柏側頭閃過，用手肘給了對方一個拐子。

隨著對方的慘嚎，第三股、第四股風又來了，柏伸腳踹倒一個，又用膝蓋頂掉一個。

面對這種單純只有道行，沒有技的戰鬥，竟讓柏回想起一種在陽世時，暗巷幹架的年代。

只是，為什麼技會消失？

他只知道，這一切似乎是在小靜唱歌後，所發生的。

難道這一切和小靜有關嗎？

柏靠著拳頭一路開路，打倒了一堆分不清是海幫還是其他人的對手，終於，他打到了阿歲的旁邊。

阿歲畢竟也是從黑暗巴別塔出來的鬥士，只見他好整以暇的坐在椅子上，一手拿著玻璃杯喝酒，一手把逼近他的人揍飛。

「柏。」阿歲對柏揮了揮手，「你到了啊。」

柏一抹嘴角的血漬，「你這個造成混亂的元兇，幹嘛還待在這裡，不趕快跑？」

「第一，我在等你，你能從小舞台一直打到這裡，證明你平常的訓練沒有偷懶。」阿歲喝了一杯酒，繼續說著，「第二，這是一個沒有技的力場，既然沒有了技，大家靠眼睛來分辨敵我，誰又知道母蚊是我放的。」

「嗯，這樣說也有道理。」柏點頭，他回頭看著這間Pub，在混亂的群毆中，仍可看見陽世的人們喝酒、聊天，而小舞台上小靜與蓉蓉依然合唱著。「為什麼技會消失？」

「不知道，這也是我第一次遇到。」阿歲倒了另外一杯酒，推到柏的面前。「但我猜，和你的朋友有很大的關係。」

「我朋友？」

這時，一個海幫的幫眾，抓著一張椅子衝了過來。

阿歲的手微動。

下一秒，這名海幫幫眾瞬間往後倒飛，與另外一組打架的人撞成一團，柏甚至連阿歲怎麼攻擊的，都沒看清楚。

他只看到這名海幫幫眾的胸口，多了一個拇指大的血洞，洞中的血，咕嚕咕嚕湧出。

「好厲害。」柏注視著阿歲的手，低聲讚嘆。

「嘿，別小看我，當年我也曾打到一零一層，挑戰過鬥王。」阿歲伸出了食指，指尖有著一滴鮮血。「話說回來，我懷疑技的力場會失效，與你的朋友有極大的關係。」

「怎麼說？」

「因為當她一唱歌，我的機械母蚊就失效。」阿歲嘆了口氣，「我猜，這應該是一種技。」

「技？陽世的人也有技？」

「這的確從未發生過，但你別忘了，陽世的人也有魂魄，只是被裝在軀體裡面。」阿歲喝了一口酒。

「嗯……」柏很難想像，小靜會有技？從他進入陰界以來，所經歷的技，都帶著強大的破壞力，像是天福星的「人體氣球」或是福一的「爆裂球」。

小靜這個帶著純淨夢想的女孩，竟然也會有技？

「為什麼？」

「而且如果這真的是技，那可不得了了，恐怕會引起整個陰界的震撼。」阿歲苦笑。

「這可是一個……會讓全部技都無效化的『技』，你知道這代表什麼意思嗎？」

「什麼意思？」

「代表，只要這個技一出來，連堪稱擁有無敵『技』的十四主星，都可能被某個無名小卒殺掉。」阿歲喝下最後一口酒，「你懂嗎？這個技，是最強也是最弱的一種。」

「啊？」柏感到背脊一陣發涼，因為他突然懂了，這個技是多麼的厲害，以及多麼的危險。

若是落入心懷不軌的人手裡，原本就陷入恐怖平衡的陰界，恐怕會大亂。

不只是如此，柏更開始擔心小靜的安危。

「肯定值錢啊，這個技。」阿歲喝完了酒，嘆了一口氣。「但這也是我們的猜測啦，十四主星的技何等厲害，都已經到了操縱者的等級，你的朋友也許根本無法封印他們。」

「嗯。」就在柏思考的同時，忽然間他察覺，周圍打鬥的聲音變少了。

柏一仰頭，眼前的混戰已經到了尾聲。

只剩下零零星星的五六組人還在混戰，海幫已經取得了絕對的優勢，完全殲滅敵人是遲早的事情了。

「該走了。」阿歲把錢扔在桌面上，他雖然視錢如命，但不會違背信用，這是他的原則。

「沒錯。」柏摩拳擦掌。

「你開路，我斷後。」阿歲起身，做了幾個柔軟操。「我們需要藉助你的風往前走，有問題嗎？」

「當然沒問題。」柏一笑，右拳握緊。

「那就，衝吧。」阿歲提氣大吼。

柏的眼睛微微瞇起，邁開了第一步，眼前的風迎面而來，強韌而帶著濃烈的殺氣。

果然，這場混戰倖存下來的人，都不好惹啊。

從桌子到Pub門口，這短短的二十公尺距離，也許會是柏踏入陰界以來，所經歷最慘烈的一役。

陽世。

小靜唱了約莫半小時，她提早走下舞台，畢竟不是專業的歌者，要一口氣唱一小時的歌，對她的喉嚨負擔太大。

而當小靜下台時，底下長達三十秒的掌聲，已經是她開始唱歌以來，最大的讚美了。

「呼。」小靜走下了舞台，回到本來的位子上，吐出了一口好長的氣。

半小時前，那種幾乎讓她窒息的緊張，然後宛如柏般溫暖的風，到後來聽眾接受了她，給了她今天最大的掌聲，這種情緒的高低起伏太大，大到她差點承受不住。

不過，小靜知道，當她決定走上唱歌的路，這樣的情況也許會不斷上演，甚至是更激烈、更悲傷，更需要意志力的情況，都可能會發生。

她必須學會忍耐。

只有堅強的心智，才能在這條路上走得長，也走得穩。

「我知道你們會一直聽我的歌。」小靜默唸著，「所以我不怕，學姊，還有柏。」

就在小靜閉目養神之際，她察覺到眼前的椅子被拉開了，然後是玻璃杯底碰撞到桌面的聲音。

「唱得很好啊，小靜。」

小靜張開眼，她看到了雀姊溫暖的微笑。

「嗯，還好，很緊張，一開始沒唱好。」小靜害羞的笑，這時，她發現雀姊旁邊還有一個人。

那是一個年紀和自己差不多的女孩，一個讓小靜眼睛亮起的美女。

她的打扮極為俐落，套裝、馬尾、小耳飾，給人一種柔媚明亮的印象。

但在這柔媚之中，卻帶著不讓鬚眉的中性氣質，加上她精緻五官中透露的英氣勃勃，更讓人覺得，這女孩很美，但不是那種小家碧玉的美，而是能獨當一面的美女。

這女人，該是在大企業中擔任要職的社會菁英吧。

「小靜，來，我和妳介紹一下。」雀姊微笑，「這是我Pub的常客，她主動提出希望認識妳，她叫做小風。」

「小風？」小靜看著這女孩，突然覺得這名字好熟。

她是不是聽誰說過？

「小風是現在某外商公司的重要幹部，這麼年輕就可以當上重要幹部，可是破紀錄的。」雀姊笑。「另外，我最欣賞的是她喝咖啡的品味。」

「雀姊，妳說我會喝咖啡？究竟是稱讚我，還是稱讚妳自己？呵呵。」小風回話，她的咬字清楚，除了悅耳之外，更給人一種強大的自信。

小靜對這樣的語氣，感到一種熟悉，對，是學姊。

在琴身上，也有類似的東西。

但這名叫做小風的女子，她的自信更純粹，但也更具侵略性。

與學姊那種帶點內斂，保留空間給他人的自信，並不完全相同。

「如今，我又忍不住要稱讚一下，小風對另外一項東西，也很有品味。」雀姊笑。「那就是音樂，她聽了妳的歌，就一直想認識妳咧，小靜。」

「是，是嗎？」小靜害羞微笑。「我唱得並不好啊。」

「妳唱得很好。」小風注視著小靜，「真的。」

「嗯，謝謝。」

「甚至，和我聽說的一樣好。」

「啊？和妳聽說？」小靜不懂這句話，「所以小風姊，妳聽過我的歌？」

「正確來說，我聽過有人稱讚妳的歌聲，那個人還形容過妳的模樣，心疼妳不顧一切追夢的辛苦，更佩服妳不怕一切阻力的勇氣。」小風說著說著，嘴角慢慢揚起，彷彿在說著一段溫暖的往事。

「啊？那個人……」小靜嘴巴微張，滿心詫異，因為全世界會這樣形容她的，只有一個人啊。「學姊！你認識學姊！」

「是啊，她是妳學姊，她是琴。」小風微笑。

「琴學姊！」小靜幾乎要尖叫了，「妳認識琴學姊，啊，我知道了，妳是小風，我想起來了，妳是琴學姊的高中同學，琴學姊說過妳，她說妳是她最佩服的人之一！」

「琴這樣說我嗎？」小風甜甜一笑。「我好榮幸哩。」

「我也半年沒遇到學姊了，她好嗎？」小靜興奮的說，「她說她會來聽我比賽。」

「嗯，關於這件事，我有一件事要告訴妳。」小風的眼中有水光流動。「唉，那件事發生的時候，因為沒有妳的聯絡方式，沒想到，會在這個時間，用這種方式告訴妳這個消息。」

「這個消息？」小靜看著小風的臉，一股強烈不安的預感，湧上了心頭。「妳，妳要告訴我什麼？」

「是一個悲傷的消息，那就是……」小風語氣還是淡淡的，但就是這份淡，讓人感覺到連這個充滿自信與光芒的女子，都快壓抑不了這樣的悲傷。「她走了，琴，她離開我們了。」

琴，她離開我們了。

陰界。

柏帶頭衝著。

在棍影紛飛，在拳頭亂打的戰場，柏衝得遊刃有餘。

畢竟他已經懂得風，若不是要擊倒對手，而只是逃跑，以他的能力，堪稱無敵。

二十公尺、十五公尺、十公尺……轉眼間，門口已經在眼前了，柏的嘴角揚起自信笑容。

「就快到了，阿歲。」

阿歲在柏的背後，他的攻擊迅捷如電，將每個想要從後面偷襲的海幫幫眾，都瞬間擊退。

「欸，柏，小心點，龍池那傢伙要將所有的人都困在這裡，表示守門的人一定特別強。」

「了解。」柏已經逼近了門，短短的三公尺，果然，眼前的風不同了。

與之前的風相比，這守門員的風，更沉穩、更強韌，而且充滿了殺意。

柏凝神看去，守門員身材高大，光著頭，兩隻大手正攔在門前。

不知道為什麼，這人讓柏想起了一種海中生物，章魚。

而更讓柏吃驚的，是章魚男腳邊的景象，超過二十個魂魄都歪著頭，頸骨折斷，倒在地上，都是被用相同手法解決掉的屍體。

「還有餘孽啊，能撐到現在，想必殺起來一定很過癮吧。」章魚男大笑，雙手朝著柏身上抓了過來。「我叫做章魚，記住殺死你們的兇手名字吧。」

「哼。」柏低哼了一聲，他可以感覺到章魚雙手湧出來的風。

這股風，除了告訴柏章魚的實力之外，更進一步告訴了柏，敵人攻擊的流向。

只見柏頭一側，避開了章魚右手的拍擊。

同時，柏左手已經握緊了拳頭。

「專注，想像力越強，拳頭的硬度就越強。」柏默唸著阿歲教他的戰鬥法則，左拳的靈魂密度激升。

然後，揮出。

砰。

柏的拳頭紮紮實實的打中了眼前這隻章魚男的腹部，但下一秒，柏卻沒有露出絲毫得意的表情。

因為他沒有聽到，應該有的哀號。

「身法很好啊。」章魚低下頭，對著柏的左拳，他冷笑。「但拳頭實在太弱啦。」

「弱？」柏的嘴角抽動了一下，這可是讓他在黑暗巴別塔一路打到五十層的拳頭欸。拳頭會無效，唯一的可能，是因為這章魚男的腹部更硬。

這是密度更高、道行更高的魂魄。

「那換我囉。」章魚的左手也掃了過來。

「哼。」柏一彎腰，順著風，再度避開了這隻手的掃擊。

「身手真好，但有這麼簡單嗎？」章魚男冷笑一聲，右手，無聲無息的由下而上的揮擊而來。

這一秒鐘，柏詫異了，因為他發現，第二股風的出現極為突然，彷彿在第一股風的掩護下，已經悄然的來到他的面前。

原來，能看得到風，並不能代表自己躲得過。

自己還太淺了。

「喝！」柏在此刻，發揮了多年在黑幫街頭打滾的直覺，他緊急往後一仰，而章魚男的右手，則化成一道沖天的風，驚險的劃過柏的下巴。

輕輕擦過，就是鮮血飛濺。

只是，就在柏驚險躲過了第二擊，身體失去平衡，往後跌去之時，他竟感覺到了迎面而來的……第三股風。

這第三股風，是章魚男的左手，宛如一枚無堅不摧的砲彈，直直的往前推去，目標正是柏的正臉。

只要中了這掌，柏知道，自己不只是臉而已，包括腦袋都會一起變成稀泥。

「真是強，連一個小海幫都有這樣的高手，這陰界果然很大啊。」柏看著風越來越近，他已經無處可躲，只能苦笑。「原來，看得透風，未必追得上風，我果然還不夠啊。」

這掌越來越近。

柏甚至能感覺到掌風就像是一台咆哮的卡車，要把他的臉輾碎。

柏沒有閉上眼睛，閉目待死向來不是他的風格，他就這樣看著那手掌越來越近，越來越近，突然，停住。

停住？

停住的原因，是一根食指。

一根從柏背後伸出的食指，硬是抵住了章魚男奪命的一掌。

食指的主人，正是柏最可靠的夥伴，阿歲。

「看我絕招……一蚊指。」

一蚊指射出，有如一柄銳利長針，插入章魚男的手心，他發出低聲怒號，急縮回手。

「破我的掌？」他朝掌心一看，掌心裡面一個圓形傷口，正不斷冒出鮮血。「可惡，這個小地方也有高手啊？」

「過獎啦。」阿歲的食指如電，在空中連續戳了二十幾下，章魚男自知不敵，急忙後退。

而阿歲則趁機對柏低聲說道：「我們得快走。再待下去，引來龍池和喪門，就危險了。」

「怎麼走？」

「我還在想辦法。」阿歲苦笑。

「那不等於沒說嗎？」柏臉上抽筋。

兩人對話之際，章魚男的大掌又來了，夾著注滿殺氣的風，撲向了阿歲，阿歲的指頭一點，又在章魚男的手臂上，戳出一個見血的紅點。

而同時間，柏感覺到背後湧來一股更強大、更霸氣的風，正在逼近。

「糟糕，龍池他們已經注意到這裡了。」柏回頭，見到那穿著黑色皮衣，染著頭髮的龍池，正踏著屍體，慢慢的朝著他們前進。

「完蛋。」阿歲的指頭忽近忽退，把章魚男完全逼住，但他知道要在龍池來之前擊退章魚男，則是絕無可能。「柏啊，你不是主角嗎？主角都有神奇的好運，到這時候你還不用神奇好運？」

「屁啦，什麼神奇好運？」柏感到背部微微冒汗，「這是作者在決定的好嗎？」

久攻不下的章魚男，踏過屍體步步進逼的龍池，前後夾攻的險境。

柏與阿歲，當真會掛在這裡嗎？

但奇怪的是，轉機卻真如阿歲所說，降臨了。

始終環繞在戰場的每一個角落，宛如清涼醇酒的歌聲，漸漸轉弱，然後消失了。

取而代之的，是小舞台上，小靜深深的一鞠躬，以及底下陽世人們久久不散的掌聲。

「歌聲停了？」所有的人，幾乎都同時意識到這件事。

然後下一秒，章魚男咧開大嘴，笑了。

「你們死定啦。」章魚男狂笑，而他宛如卡車般強力的雙手，在這一秒鐘，竟像是無性生殖般，再度冒出了六隻。

八隻手。

能夠輕鬆折斷敵人脖子的大手，現在有八隻。

「哈哈哈，我的技能用啦。」章魚男放聲狂笑，「你們死定啦，我八隻手，八倍威力，看你像蚊子一樣的食指，還能不能擋下我。」

章魚男正舞動八隻手，打算給阿歲和柏來個致命一擊，但他對眼前的畫面，卻茫然了。

因為他看不到那兩個人了。

他的眼前，只剩下一大片黑壓壓，霧茫茫，發出嗡嗡作響的黑雲。

「這是啥？」章魚男張大嘴巴。

「傻瓜，你以為只有你有技嗎？」這團黑雲之中，發出了阿歲的笑聲。「衝啊，我的技。」

下一秒，黑雲開始移動。

宛如死亡毒霧，一口氣籠罩住了章魚男，章魚男的八隻手在此處毫無作用，不，正因為手多，反而暴露在蚊子攻擊下的面積增加了。

「吼，別，別叮我啊。」章魚男發出哀號，全身上下都是刺痛感，更恐怖的是，刺痛感伴隨著麻癢感，讓他瘋狂慘嚎。

章魚男戰鬥力全失，踉蹌後退，緊接而來的是腹部一陣劇烈撞擊。

撞擊者，是柏。

「喝。」柏在蚊子黑霧的掩護下，逼近了章魚男的腹部，更將全身的力量集中在肩膀上，一口氣將章魚男撞翻。

只見強大的撞擊力帶著章魚男不斷往後退，終於，撞上了Pub的門。

鏘的一聲，門栓承受不住如此猛力的衝撞，斷裂成兩半，而柏與阿歲，順著破碎的門板，終於見到了Pub外面的月光。

「快離開這。」柏急忙爬起，張口大喊，因為他感覺到來自背後的風，陡然增強。

那是龍池的風。

宛如上百隻憤怒的殺人鯨，從海面上浮起，張大滿是利齒的大嘴，朝著落難者發動猛攻。

龍池怒了。

「走。」阿歲單手抓住柏，黑霧在他的背部凝聚，化成兩對透明的昆蟲羽翼，這是蚊子的翅膀。

翅膀一震，高速引起嗡嗡作響，阿歲與柏一起升上了天空。

越來越高，越來越高……朝著天邊那枚亮黃色月亮飛去。

柏低頭，他看見了龍池已經停下了腳步，一雙深色眼珠在黑暗中閃爍著憤怒的光芒。

而阿歲的翅膀繼續拍動，終於，柏完全看不見龍池，連風都感受不到半點了。

「我們安全了。」阿歲背上翅膀振動，臉頰上是幾滴汗珠。「幸好來的不是海幫的副幫主，鳳閣，因為她也會飛。」

「飛行，是很奇特的能力嗎？」柏被阿歲拉著，忍不住問道。

「要看每個人的技，我的技與蚊子有關，自然會飛行，還有人以武器為技，就能夠御劍飛行，不過飛行並不算太普遍啦。」阿歲說，「我沒辦法飛太久，但是飛回牛肉店老闆娘那裡，應該沒有問題。」

「原來如此。」柏點頭，他回想起面對章魚男時的驚險情況，就算他能了解風的流向，但風若是來得太急，他也是完全無法躲的。

「阿歲，那個章魚男在陰界中很強嗎？」

阿歲回頭看了柏一眼。「幹嘛，被章魚打敗，覺得不爽？」

「嗯。」

「要聽實話嗎？」

「嗯。」

「不強。」

「是嗎？我想也是。」柏吸了一口氣，「那龍池強嗎？」

「龍池是乙等星，他就夠強。」

「那和紅樓的邪命比呢？」

「邪命……」阿歲苦笑了一下，「你確定要聽實話？」

「嗯。」

「和邪命比，龍池和貝比魯斯一樣，還是一個屁，頂多是臭了點，大一點的屁。」阿歲嘆了一口氣。「龍池的實力大概和邪命底下的天姚差不多吧。」

「嗯。原來如此。」柏閉上了眼睛，喃喃自語。「原來如此。」

柏回想起剛剛龍池逼近他們時的感覺，那宛如巨型殺人鯨從大海中奔騰而來的氣勢，真的令人背脊發涼。

這樣的人，完全不是邪命的對手？那邪命究竟有多強？

這些日子以來，在黑暗巴別塔的苦戰，柏漸漸明白，原來自己曾經遭遇的陰界高手們，實力究竟有多麼的強橫？

那個把他拉入陰界的邪命、虎拳的天姚、操縱賤龜的龜男，還有死在嘯風犬牙下的天福星。

其實這些人都是各霸一方的高手，柏越是懂得道行，就越覺得這世界的廣大。

「幹嘛不說話，終於知道天高地厚，怕得不敢打紅樓了嗎？」阿歲笑著問，他們飛在空中，夜風拂拂。

柏想起了福八，這個老油條，最後卻選擇替自己犧牲，因為相信自己不是普通人。

為了這樣的人，他怎麼可以怕？

柏也想起了小靜，她擁有太出乎意料的能力，若柏自己怕了，又怎麼保護這個安靜的小女孩？

「我不怕。」柏把自己的拳頭伸高，在夜空中，剛好對著皎潔的圓月。「因為我的拳頭很重。」

「嗯，很重？」

「有越來越多的託付，越來越多保護的意志。」柏淡淡一笑，「我的拳頭就會更重，重到有天，我可以擊碎紅樓。」

「哈哈哈，我就是欣賞你這點啊。」阿歲大笑，「哈哈，我們到了，底下就是那個臭老闆娘的店啦。」

柏低頭往下看，果然，那塊「精緻牛肉麵」的舊紅色招牌正發著微弱的光，而阿歲振動翅膀，盤旋而下。

「打過了一架，就是要吃頓好的，然後和老闆娘吵一吵，元氣就會完全恢復啦。」阿歲笑著往下盤旋。

柏看著那只招牌，突然能體會阿歲此刻的雀躍。

回家的感覺。

對阿歲來講，老闆娘才是家。

對柏來說呢？此刻的柏腦海中，莫名其妙的出現一個身影。

長髮高挑女孩，雖然漂亮但是笑容卻很男孩子氣。

這個人是誰？柏訝異的問自己。

為什麼他會想到她？

不過，無論是柏或者阿歲，甚至是小靜，他們都沒有意識到，過了今晚，他們的命運都會大大的不同。

宛如被攪入巨大的命運巨輪般，都只能身不由己的繼續前進了。

龍池星・龍池

危險等級：4+

外型：愛穿黑色皮衣，頭髮染成金紅色，年紀約莫三十歲，全身悍氣。

星格：乙等星。

能力：「龍拳」。

「龍拳」與「虎、猴、豚」合成四大獸拳，純體術取勝的技，據說發揮到極限會出現龍的形態，破壞力極為驚人。身為海幫的幫主，與副幫主鳳閣為兄妹，統領上千名討海弟兄，盤據在沿海一帶，堪稱一代梟雄。

海幫是二級幫派，聲勢不如僧幫、道幫、紅樓這樣強盛，與公路幫、雪幫、宅幫，大小相若。

第五章・武曲

5.1 天使星

琴醒來的時候，她發現自己認得這地方。

她嘆氣之餘，又忍不住笑了出來，總算，經過這麼多次的昏迷之後，她終於到過一個她記得的地方了。

這裡是「非觀點」的內部。

小小的吧台，簡單素雅的裝飾，以及滿牆的電影，從古早的黑膠、大帶子，到 VCD，以及最近的 DVD，「非觀點」都有。

琴起身，順著手指劃過牆上的電影，她發現越來越多的驚喜。

「紅色情深？藍色情挑？白色……這是有名的三色電影啊。」琴驚喜。「啊，慾望街車？養子不教誰之過？巨人？這是我爸媽年代的經典啊。」

琴越看越是興奮，熱愛電影的她，能在陰界再見到這些熟悉的電影名稱，讓她內心不禁暖了起來。

「琴小姐。」

琴聽到背後傳來一個聲音，她回頭，見到了非觀點的老闆。

「妳喜歡電影嗎？」那老闆走到了琴的旁邊，仰頭看著這一大櫃，上萬片的電影收藏。

「喜歡。」琴微笑。「我好喜歡電影。」

「嗯，我也喜歡電影。」老闆點頭，「補充一下自我介紹，我是天使星，星格丙等，我追隨三釀老人，已經五十幾年了。」

「天使星，你好。」琴對老闆微微鞠躬。

「叫我小天就好了，琴小姐。」

「呵，那你叫我琴就好啦。」

「哈，妳和二十幾年前的武曲都一樣親切。」小天老闆摸著這一櫃電影，「我一直相信，愛電影的人就不是壞人，因為能被電影感動，表示你的心還活著，心活著的人，就不會變得太過冷血邪惡。」

「愛電影的人就不是壞人，」琴一笑，「好有趣的說法。」

「我看妳的眼神，就知道妳愛電影……既然愛電影，無論妳是不是武曲，或是另外一個人，我都覺得妳不是壞人。」小天眯著眼睛微笑，「我生前啊，也是一個好愛電影的人喔。」

「嗯，我相信。」

「我有一群朋友，每個人都和我一樣，做著相同的導演夢，只是大家努力了好幾年，我終於明白自己沒有才能，所以放棄了導演夢，退居幕後，開了這家專門存放電影的飲料店，偶爾在地下室播放電影，讓熱愛電影的人們，有一個溝通聊天的管道。」小天慢慢的說著，

「就算當不成導演，至少我還活在電影的世界裡面。」

「電影是夢啊。」琴微笑，語氣中同樣是悠長的懷念。「是每個人的大夢啊。」

「好啦，閒聊結束。」小天微笑。「我是來帶妳的。」

「帶我？」琴問。

「三醷老人要我帶妳去見他。」小天用手一推電影櫃，櫃子嘎的一聲，竟從兩旁分開，露出底下的門。

「啊？這櫃子後面有機關？」

「沒錯，這下面有一個隱密的電影放映室。」小天微微一笑，「妳師父，就在下面等妳。」

隨著小天往下走過層層疊疊的階梯，忽然，琴眼前的景色一亮。

原來非觀點底下的空間非常寬大，一個長寬都有二十公尺的放映室，四面牆壁都是純白色，除了掛在天花板上的那台放映機外，這裡空無一物。

而三醷老人就在裡面，他童顏白髮，身材高大，約莫一百八十公分，肩膀比常人更寬幾分，穿著寬鬆的白色透氣的襯衫。

若不看他的白髮和皺褶的魚尾紋，單看背影，會以為是某個熱愛籃球的少年。

只是他雖然外表和善，但眉宇間，仍帶著一股讓人敬畏的霸氣。

「小天，你帶她下來了？」三釀老人眉毛揚起。

「是。」

「所以，連你都認可她了？」

「呵，她是一個愛電影的人啊。」小天微微一笑。「你知道，我無法抗拒任何一個愛電影的人啊。」

說完，小天朝著琴一鞠躬，往後退到門外，順勢關門離開。

「天使星，他雖然服侍於我，卻也是我最好的朋友。」三釀老人走到了琴面前。「妳能得到他的欣賞，不錯。」

「所以……剛剛是一個測試？」琴嘴巴微張。

小天不過就是問她喜不喜歡電影啊？這測試未免也太潦草了吧。

「是啊，妳通過了，別小看小天，他看人很準的。」三釀老人看著琴，「既然如此，我們就開始吧。」

「開始？」

「妳通過了小天的測試，接下來，當然是我的測試啊。」

「啊？」琴張大嘴巴，連這人都有測試？

「測試的項目真的很簡單。」三釀老人伸出手掌，在琴的肩膀上一拍。「只要當年我徒兒武曲做到的，妳一樣做到即可。」

「呃。」琴聽得一頭霧水，「那她做到了什麼？」

「看妳的肩膀。」

琴一轉頭，赫然發現肩膀上多了一株植物，秀氣的紫藍色，雖然尚未開花，但綠色的花苞就已經散發出淡淡的香氣。

「這是什麼？」

「我是天梁星，是陰界植物的掌握者。」三醜老人微笑，這微笑中竟然隱含殺氣。「這植物叫做陰界紫羅蘭，它的根已經順著妳肩膀的筋絡與血管，進入了妳的體內，接下來，它為了生長，就會和妳爭奪體內的資源。」

「啊？爭奪我體內的資源？」琴張大嘴巴。

先別說陰界的野獸奇形怪狀，連植物都這麼不正常啊？

「沒錯，它會搶妳的道行與能量，若是妳能在它完全掠奪妳的能量之前，學會操縱自己的能量，妳就能讓它開出紫色的花，那妳就贏了。」

「呃。」琴側著頭，自己肩膀長花，真是一種奇怪的體驗。「那如果我輸了……會怎樣？」

「真的想聽？」

「呃，想。」琴點頭。

「妳會死。」三醜老人露出殺氣十足的笑。「它會搶走妳全部的能量，綻放出陰界紫羅蘭中的極品，一朵血紅色的紫羅蘭。」

「啊？」琴睜大眼睛，三釀老人卻已經準備要離開這裡了。

「陰界紫羅蘭的週期是三天，妳就好好的想想，該怎麼控制它吧？」三釀老人離去，順手鎖上了地下放映室的門。「或者說，妳該想的是，妳到底少了什麼？」

徒留下琴一人，坐在雪白的地板上，她感到好沮喪。

自己死後怎麼那麼坎坷？老是被當成武曲就算了，還被警察追殺、被人下毒，現在還被一個陰界的植物園藝家，莫名其妙在自己的肩膀上，種下一株植物。

說什麼不能操縱這朵花，就會被這朵花所殺？

這也太強人所難了吧？

琴好沮喪，她躺下，閉上了雙眼，為什麼她的陰界會是這副模樣呢？

為什麼呢？三釀老人口中的「妳少了什麼？」又是什麼意思呢？

而就在琴胡思亂想之際，她突然感覺到，放映室的門再度被打開了。

她起身，看到這次來的人不再是高大的三釀老人，而是天使星，小天。

「啊，陰界紫羅蘭？」小天看到琴肩膀上的那朵花苞，低聲驚呼。「老大下手這麼重啊？」

「嗚嗚。」琴嘆氣。「是啊，他說陰界紫羅蘭的週期是三天，所以我在陰界的時間只剩下三天了。」

「嗯。那老大還有說什麼嗎？」

「他說，要我去找找，我到底少了什麼？」

「少了什麼？」小天摸著自己的小鬍子，「少了那東西，所以無法操縱自己的能量嗎？」

「好像是這個意思。」琴看著自己的身體，又看了看小天的身體，「我不覺得我們不同啊。」

「嗯，三釀老人說的事情，總是沒錯的。」小天忽然笑了，「算了，別管這麼多啦，去散散心吧，呼吸一下新鮮空氣，常會有好點子出現喔。」

「但……要去哪呼吸新鮮空氣？」

「妳帶路，去妳家怎麼樣？」

「我家？」琴迷糊了，「我哪有家？」

「妳怎麼會沒有家。」小天再度摸了摸小鬍子，露出頗有深意的笑。「妳陽世的家啊。」

5.2 回家

琴的父親是農夫，她的家在偏遠的農地上。

這裡陽光普照，氣候宜人，空氣清新，更是琴從小生長的環境。

雖然琴到都市念書工作之後，因為生活忙碌，回家的次數減少了，但她卻始終記掛著她的爸爸。

她的爸爸務農，在琴的記憶中，父親的皮膚黝黑，總是打著赤腳，從來不會說笑，就像是一尊黑色金剛，沉默但是永遠可靠。

琴很愛爸爸，也許是因為母親離開得早，所以她與父親變得更親近。

而這次自己發生車禍死亡，琴最擔心的就是爸爸。

他，究竟會有多難過？

如今，在小天的提議下，琴還是決定回到老家，帶著一顆忐忑的心，回到這幢三合院古宅中。

「就是這裡嗎？」小天開著車，載琴到了三合院前。

「嗯。」

琴小心翼翼的走下車，看著眼前這些熟悉到不行的畫面。

寬闊的廣場上，曬著一堆又一堆的金色稻米，門口掛著幾根竹竿，上面曬了隨風搖擺的衣服。

「爸爸呢？」琴自言自語，走到了屋內，這個時間，父親應該在家才對。

然後，琴在沒有開燈的房間中，看見了正坐著發呆的父親。

這一秒鐘，琴的眼眶紅了。

因為她從來沒有看過這樣的父親，臉上原本被陽光刻下、宛如刀痕般的皺紋，如今全都鬆垮下來。

黑色金剛的形象已經完全破碎，變成了一個哀傷的老人。

父親，竟在短短的幾個月內，老成這樣？

「爸爸……」琴顫抖著，想要抱住爸爸，但她卻發現自己無法可抱。

因為，自己已經是鬼了。

當了鬼，就是真正的陰陽兩隔了。

「很悲傷啊。」小天在琴的背後，嘆了一口氣。「這個時機，太悲傷要小心啊。」

「要小心？」琴不懂。

忽然間，她發現這個房間裡面，還有東西。

那東西就混在房間的陰影中，正緩緩的蠕動著。

「這是什麼？」

「陰獸。」小天吐出了這兩個字。

琴正要繼續問，但她發現，那黑色的東西開始移動，最後移動到了父親駝著的背部，漸漸往上爬去。

「什麼陰獸？牠為什麼要爬上我爸爸的背？牠想要幹什麼？」琴著急的問。「我父親不會有危險吧？」

「這並不是即刻攻擊性的陰獸，暫時不會有危險。」小天搖頭。「牠叫做悲愴毛蟲。」

「悲愴毛蟲？」琴看著那隻毛蟲越爬越高，最後整個趴伏在父親的背上。「那會怎麼樣？」

這隻悲愴毛蟲的體積和一個成年人差不多，就這樣佔滿了父親的背部，然後就如同睡著般不動了。

「妳知道陰獸是怎麼誕生的吧？牠們是陰陽界能量的集合，因為沒有人類的意識，所以最後往往變成各種奇怪的形態。」小天說，「這隻悲愴毛蟲，會被人類的悲傷所吸引，然後寄宿在這人的身上，吸取自己要的養分。」

「吸取養分？」琴想到了自己肩膀的陰界紫羅蘭，好像也是類似的東西。「那吸取之後呢？不會和陰界紫羅蘭一樣吧？」

「差不多，只是沒那麼兇猛，而是慢慢的影響著宿主，最後……」

「最後怎樣？」

「既然叫做悲愴毛蟲，自然會招來悲傷。」

「悲傷？」

「像是生病、倒楣，最後甚至是死亡。」

「那怎麼辦？」琴著急的問，「我該怎麼辦？怎麼樣才能救我爸？」

「陰獸是能量聚合體，陰魂也是。」小天一笑，「要解開悲愴毛蟲的方法很簡單，就是妳把牠打下來。」

「我？」琴比著自己。

「怎麼？不敢打？」小天冷笑了一聲。

「為了爸爸，我當然，敢。」琴一轉身，拳頭握緊，眼睛一閉，用盡她全部的力量，揮出了這一拳。

活了二十幾歲，這幾乎是琴第一次揮拳，她只知道用力，用一種就算拳頭骨折也在所不惜的狠勁，朝著那隻毛毛蟲揍了下去。

琴的這一拳，紮紮實實的，擊中了這隻悲愴毛蟲。

只是，讓人無奈的事情發生了，毛蟲一動也不動，看起來毫髮無傷。

「啊？」琴摸著幾乎扭傷的拳頭，痛得快要流下眼淚。

「這麼弱的拳頭？妳當真是武曲嗎？」小天背部靠在三合院的門邊，一臉幸災樂禍的模樣。

「為什麼我打了沒有用？」琴痛得咬牙，問道。

「這問題的答案，和三醜老人問過妳的……『妳缺了什麼？』答案是相同的。」小天冷笑。

「我缺了什麼？」琴不懂，喃喃自語，「我缺了什麼？」

「再打一下，也許妳就會豁然開朗囉。」小天摸了摸小鬍子，嘿嘿的笑著。

「再打一下？」琴轉過頭，看著這隻匍匐在自己摯愛的父親背上的黑色怪物，她拳頭握緊，就算知道小天是逗她的，她也決定揮拳。

只要能救父親，任何一種可能，她都願意嘗試。

「喝。」琴發出大吼，拳頭甩了出去。

砰。

這次，琴的拳頭再次紮實的撞上了毛蟲的身體。

但疼痛的，卻依然是琴的手。

「完全不行啊。」小天依然在琴的背後冷嘲熱諷。「這女孩是怎麼回事啊？連自己的父親都救不了？」

「喝。」琴一咬牙，她再次揮拳了。

她幾乎聽到自己手腕斷裂的聲音，但毛蟲卻還是完全不動。

「真可憐啊，這爸爸，為了女兒付出這麼多努力，女兒死後竟然連一點忙都幫不上？」

「喝。」琴又揮拳了，同樣的拳頭打在同樣的位置上，琴感到手腕傳來劇烈的疼痛，那個地方，應該骨折了吧？

「沒用沒用啊。」

「喝。」琴再揮拳，手腕再痛。

「廢物女兒。」

「喝。」琴再揮拳。

「白痴。」

「喝。」琴奮力揮拳。

「廢……」

「喝！」琴忘記一切，一拳一拳的揮著。

「……」

「喝！」

「……」

「喝！喝！」

「喝！喝！喝！」

「喝！喝！喝！喝！喝！喝！喝！喝！喝！喝！喝！喝！喝！喝！喝！」

「喝！」

琴瘋狂的揮著拳，她的耳中再也聽不到小天的冷嘲熱諷，再也見不到那隻巨大的黑色毛蟲，此刻的她，腦海中只有一個畫面。

那是夕陽下的海濱，不苟言笑的爸爸，把只有五歲的她扛在肩膀上，迎著海風，唱著古老的台語歌。

雨夜花　雨夜花　受風雨吹落地
無人看見每日怨嗟　花謝落土不再回
花落土　花落土　有誰人通看顧
無情風雨誤阮前途　花蕊若落要如何
雨無情　雨無情　無想阮的前程
並無看顧軟弱心性　乎阮前途失光明
雨水滴　雨水滴　引阮入受難池
怎樣乎阮離葉離枝　永遠無人通看見

莫名其妙的，琴想起了這幅畫面，這幅已經被她深深埋藏在記憶深處的畫面，竟在此刻重新浮上她的心頭。

在這畫面下，更讓她的拳頭，一拳接著一拳，彷彿沒有止境的，打向了這隻黑色毛毛蟲。

「喝！」

琴揮著拳，她忘記了痛，忘記了手指與手腕的折斷，忘記了一切，直到，突然間有一雙手從她背後，硬是架住了她。

「別打了，乖，別打了。」那是小天的聲音。

「喝！喝！喝……」琴還在揮著拳頭，揮到自己都沒發覺，她的臉上早已佈滿淚水。

她哭，並不是因為痛，而是爸爸唱的那首歌，自己再也聽不到了啊。

「毛毛蟲……已經掉下來了。」小天輕聲說，「牠被妳打下來了。」

「可是……」琴的眼淚不斷湧出，她止不住，真的完全止不住啊。

她好想再聽一次那首歌，好想再一次像孩子般坐在爸爸的肩膀上，好想再一次和爸爸在夕陽下談談笑笑啊。

「只有用靈魂揮出來的拳，才有力量，這就是道行的最基礎。」小天輕聲的說，「妳成功了啊，來，別哭了。」

「可是，我爸爸他，會這樣悲傷下去嗎？」琴哽咽的說，「那悲愴毛蟲不就會一直跟著我爸爸？」

「這也是沒辦法的啊。」小天苦笑，「這是陰陽兩界的定律，只要他太過悲傷，尤其是這幾年，只要他悲傷的話……」

「尤其這幾年？」

只是，就在琴泣不成聲的同時，她的父親，卻在這時候抬起了頭。

父親佝僂的身體，扶著桌邊慢慢站起，他正對著琴的方向，露出又疑惑又期待的表情，嘴唇輕顫，「啊，琴，是妳嗎？」

「啊？」琴渾身巨震，爸爸感覺到我了嗎？

「這不太合理啊？」小天驚訝到嘴巴大張，「陰界的能量通常無法被陽世的人感覺到啊。」

「阿琴。」爸爸說著琴的小名，低語。「是妳嗎？妳真的在這嗎？」

「爸，我在。」琴哭著，不斷的哭著。「我在啊。」

「是妳嗎？」爸爸伸出右手，蒼老的手，試圖在空無一物的空氣中，捉住什麼。

但，他除了虛空，卻什麼都捉不住。

「爸爸，爸爸。」琴也伸出手，朝著爸爸的手，拚命揮著，但陰陽兩隔，兩人只能無奈的錯過。

「剛剛是怎麼回事？為什麼武曲的爸爸會知道，她在這裡？難道……」小天摸著小鬍子，因為太用力，甚至不小心扯下了幾根。「有人說，十四主星因為魂魄的能量潛力極大，所以有可能跨越陰陽兩界，只是這武曲剛從陽世回來，根本沒啥道行，為什麼她做得到？」

眼前，琴始終碰不到爸爸，而爸爸的手也慢慢的放下了。

琴的爸爸重重嘆了一口氣。「終究，還是我的幻想啊。」

「爸爸。」琴哭著，「我在這，我想告訴你，我好想念你，我好想念你啊。」

「武曲，一定有某種可以溝通陰陽兩界的東西存在。」小天又扯下了幾根鬍鬚，「武曲，妳剛剛揮拳的時候，有做什麼特別的事嗎？」

「我？」琴哭著，抽抽噎噎的說，「我只是想到爸爸抱著我，唱歌的時候。」

「歌？」小天一愣，「對，歌聲可以穿透陰陽兩界。」

「啊？」琴詫異，那首〈雨夜花〉？

「快唱。」小天大叫，可是他才剛叫完，那首歌的旋律就快了一步，出現在空氣中。

只是，唱出這首歌的人，卻不是武曲。

而是琴的爸爸。

只見他閉上了眼睛，手輕輕的敲著桌面，嘴裡傳來渾厚的嗓音。

『雨夜花，雨夜花，受風雨吹落地。無人看見每日怨嗟，花謝落土不再回。』

琴哭了，而她以濃濃的鼻音，唱了下一段。

『花落土，花落土，有誰人通看顧。無情風雨誤阮前途，花蕊若落要如何。』

父女倆之間彷彿有著神祕的默契，琴的爸爸跟著唱了下一段，語音中帶著哽咽的沙啞。

『雨無情，雨無情，無想阮的前程。並無看顧軟弱心性，乎阮前途失光明。』

然後是琴與父親的合唱，她的柔細嗓音與父親粗獷歌喉完全合在一起。

『雨水滴，雨水滴，引阮入受難池。怎樣乎阮離葉離枝，永遠無人通看見。』

唱到最後一句話時，琴已經泣不成聲，而琴的爸爸雙眼也紅了。

「真是奇蹟啊。」小天站在一旁，他滿臉驚嘆，「陰陽兩界的合唱，究竟是武曲的道行潛力太強？還是親情間神祕的聯繫呢？」

只聽到琴的哭聲越來越小，最後停了。

她起身，睜著哭紅的眼睛，對著父親深深一鞠躬。

「爸爸，謝謝你，把我養育到大，你給我的溫暖，讓我不管在哪裡闖蕩，從來都不感到害怕。」琴低著頭，「因為你一直是我最棒的靠山、最愛的靠山。」

而琴的爸爸，雖然完全看不到琴，卻也在這時候說話了。

「阿琴，我很憨慢說話，但我要說的是，妳出世給我的東西，遠比我給妳的多，做妳的老爸，我覺得很幸福。」

爸爸笑了，溫暖而慈祥。

那笑容就像是一道陽光破雲而出，照耀在暖暖的土地上。

這一剎那，琴已經知道，她再也不用擔心父親了。

因為悲愴毛毛蟲再也不會找上他了。

「走啦。」琴深吸了一口氣，大步往外走去。

「喔？」小天一呆，急忙追上琴的腳步。「不多待一會啊？」

「不用了，我爸爸沒事了。」琴仰著頭，她努力壓抑眼眶中湧出的熱流。「但，小天，我有件事要問你。」

「呃，啥事？」

「你曾經說過，悲愴毛蟲在這幾年，無法消失……那是什麼意思？」琴問。

「呃……」小天走在琴的背後，忍不住揉了揉眼睛，這是他的錯覺嗎？

為什麼他覺得此刻琴的背影變得好寬大，和數小時前，那縮成一團的模樣完全不同。只是稍微了解如何運用道行，會有這麼大的差別嗎？

「小天？」琴回過頭，「我正問你話哩。」

「呵，這幾年啊……啊，妳看！」小天沒有正面回答，他只是指向前方，那裡面有一所國中，剛好正值放學時刻，整個交通陷入一團混亂。

從校門嬉笑打鬧湧出的國中生，等待國中生的家長，還有魚貫而出的腳踏車，附近店家的叫賣聲，彷彿是一場熱鬧的市集。

「有什麼好看的？我不懂。」

「注意看每個人的背上。」小天把手指放在眼睛上，「把道行集中在眼睛上，才看得清楚啊。」

琴點頭，凝神看去，不由得「啊」了一聲。

「看到了吧？」

「悲傖毛蟲？好多隻啊。」琴好驚訝。

上百人當中，有超過四分之一的人背上，都停著一隻悲傖毛蟲。

那些悲傖毛蟲，體積雖然都沒有琴父親那隻來得大，約莫只有手掌或手指大小，但數目如此之多，也讓琴著實嚇了一跳。

「悲傖毛蟲喜愛悲傷，所以這些陽世子民多少都有自己悲傷的故事。」小天嘆了一口氣，「但相信我，三年前不是這樣的。」

「是這三年來……悲傖毛蟲的數目才增加的？」

「沒錯，」小天深吸了一口氣，「而且不只悲傖毛蟲如此……」

「嗯？」

「幾乎所有的陰獸都異常了。」小天手比天空，琴再次集中道行，往天空看去。

果然，一大片黑壓壓的飛行陰獸，正從天空中飛過。

而地面上則不時竄出小型陰獸，跳來跳去。

連學校裡面的建築物，都可以見到陰獸一閃而過的影子。

「這究竟是怎麼回事？以前的陰獸有這麼多嗎？」琴感到困惑。

「當然不，要知道陰獸是陰氣的滙集，如此異常的陰獸數目，表示整個陰陽兩界的能量已經失衡，正逐漸走向崩壞的地步。」

「這麼嚴重？」琴越想越心驚，「怎麼會這樣啊？」

「因為時間快到了。」

「什麼時間？」琴再問。

「易主的時間。」

「啊？易主？」

「整個陰陽兩界，以六十年為一週期，會進行一次易主，但今年的狀況，似乎比以往的六十年，都來得嚴重。」小天吞了一口口水，「陰陽失衡得非常嚴重，在陽界，恐怕地震、土石流、狂風、暴雨和旱災，都會不斷發生吧。」

「那……該怎麼結束這易主啊？」琴皺起眉頭，著急的問。

「要結束易主，只存在一種方法。」小天轉過頭來，注視著琴，「而且與妳有關。」

「什麼方法？」

「十四主星中，出現一名真正的主。」小天苦笑，「易主時刻就會結束。」

「出現真正的主？」

「沒錯，接下來，紫微、太陽、太陰、天相、天府、天機、天梁、天同、貪狼、七殺、破軍、巨門、廉貞，以及妳……武曲，不管願不願意，都會加入這場易主之戰。」小天閉上眼，重重的嘆了一口氣。「直到最後一個主星勝出，從此就進入該主星的時代。」

「呃，該主星的時代？聽起來像是古代中國的改朝換代啊。」

「是。」小天說道，「十四主星各有天命，誰當家都會大大影響未來陰陽兩界的運勢，若是紫微當家，政府就會取得強勢地位。若是溫和的天梁和天同等主星當家，庶民會休養生息。一旦讓七殺、貪狼、破軍等凶星當家……」

「殺破狼三星……會怎樣？」

「他們是凶星，主要是破而後立。」小天搖頭，「整個陰陽兩界會經歷巨大變革，雖說不一定是壞事，但恐怕要付出很多戰爭與死亡的代價啊。」

回到非觀點的路上，琴一直在思考著易主的問題。

「易主時刻，十四主星歸位，天地陰陽失衡，陷入混戰，直到最後一個主星勝出，這場大戰方才結束。」

「天地陰陽失衡，未來幾年，天災人禍頻傳，地震、風災、豪雨、大旱、山崩，甚至火山爆發，世界各地都在進行易主的動作，而我們這裡就是十四主星的輪迴。」

「災難越多，也影響到陰獸的數量與形態，越來越多的怪異的陰獸橫行，牠們不只會寄宿在陽世子民的身上，更會影響到他們的生命。」

「易主每六十年一次，但今年的混亂程度，卻是前所未見，有鑑於此，更應該快點完成易主，方是上策。」

琴閉上眼睛。

她從未想過，自己竟然是十四主星的一員。

更是影響未來六十年陽世與陰界的關鍵人物，這與她活了二十幾年的人生哲學，完全背道而馳。

她並不愛出風頭，只是常常莫名其妙被拱上了台，然後又莫名其妙的完成任務。

只是這一次，事情已經不是一趟任務那麼簡單了。

這可是六十年統治，這可是必須經歷無數難以想像的殺戮，才能獲得的成果。

她到底該怎麼辦？

但是如果她不做，有越來越多人，會像她的父親一樣，被陰陽失衡的天地所害。

她該怎麼辦？

該怎麼辦？

琴抱著頭，閉上了眼，這一秒，她想起了父親，想起了小靜，想起了成百成千那些她認識的朋友們。

也許，是該下決定的時候了。

5.4 米與紫羅蘭

回到了非觀點的那個晚上，琴去找了三釀老人。

當時三釀老人正喝著小天親手所泡的「長島冰龍茶」，這個以曠古恐龍化石磨釀而成的飲料，其名雖為茶，但酒性極為猛烈，絲毫不遜於烈酒。

琴坐到三釀老人的旁邊，手托著下巴。

「想通了嗎？妳缺少的東西？」三釀老人先開口了。

「嗯。」琴輕輕的「嗯」了一聲。

「那妳缺少什麼？」

「慾望。」

「喔？怎麼說？」

「我在想，陰魂是一種能量，它沒有軀殼，所以能控制魂魄唯一的辦法，就是意志。」琴的手沒離開下巴，繼續緩緩說著。「而要支持意志，則需要慾望。」

「很好。」三釀老人又喝了一口長島冰龍茶，然後嘴裡傳出劈哩啪啦的火藥聲，他接著說：「那妳找到自己的慾望了嗎？」

「嗯，原本以為，找到武曲的記憶，會是我最大的慾望，後來我才發現，這理由實在太不充足了，畢竟，我從來就不認識她。」琴淡淡的笑了，「直到我與小天一起去找了爸爸，才明白原來武曲的記憶，是多麼重要的一項東西。」

「重要？」

「找到它，才有可能提前結束易主的時刻。」

「喔，所以妳的慾望是為了天下蒼生？」三釀老人面露不屑的笑容。「很崇高啊，小甘。」

「才不是呢。」琴用力搖頭。「我不是德蕾莎修女，更不是聖嚴法師，與其說是為了天下蒼生，還不如說是為了我自己。」

「妳自己？」

「是為了我自己啊，那些在我的記憶中，重要且珍貴的人，我的爸爸，還有在我懂事以前就離開陽世的媽媽，還有我的高中同學、大學同學，甚至每個曾經與我擦肩而過的人，我實在不想讓他們消失。」琴慢慢的說著，「所以我決定，要結束這個易主時代，所以我要找回武曲的記憶。」

「嗯。」三釀老人沉吟了半晌，「妳可知道，這條路很辛苦？」

「嗯，猜得到。」

「妳的對手是其餘十三顆主星，每個人都有各自的使命與慾望，都會共同爭奪易主之位，甚至可能與我，以及未來對妳很重要的人為敵，妳想清楚了嗎？」

琴閉上了眼睛，然後用很慢很慢的速度，點了點頭。

「看樣子，妳是真的做出決定了。」三釀老人一笑，仰頭喝乾最後一口長島冰龍茶。「那我們走吧。」

「走去哪？」琴抬頭，訝異的問。

「地下放映室。」三釀老人微微一笑，「武曲曾是我的徒弟，她的基本功夫是我教的，所以我得替妳惡補一下。」

「啊？」

「至少得告訴妳一件事。」三釀老人寬大的背影，往地下室走去。「現在的妳，究竟弱到什麼程度？」

地下放映室裡。

「打我。」三釀老人說

「咦？」

「用妳可以想到的任何方式攻擊我。」三釀老人端坐如巖石，「只要能傷害我一分，我不只幫妳解開紫羅蘭，連當年武曲的米，都可以給妳。」

「真的嗎？」

「真的。」三釀老人語氣平靜，「我何必騙妳？」

「那我來了喔。」琴握拳，並不想真的打傷三釀老人，她只需要一點點傷口。

所以琴的手，就在揮到三釀老人手臂的瞬間，五指張開，變成了爪子。
「有小聰明，但爪子不是武曲的招數喔。」三釀老人面露淺笑，「只會讓妳痛而已啊。」
「哼……啊！好痛！」下一秒，琴尖叫了，因為她的五根手爪，竟像是抓到了石頭，指甲幾乎折斷。
「我是陰界植物的執掌者，屬木系，讓身體如老樹般堅硬，可以說是易如反掌，」三釀老人慢慢說著，「只單憑肉體，要打破我的防禦，那幾乎是不可能的。」
琴摸著手指，苦著臉說：「那我該怎麼辦？」
「掌。」三釀老人慢慢的說，「才是當年武曲自己悟出來的道。」
「好。」琴一吸氣，轉爪為掌，拍向了三釀老人。
「都快忘記了啊，武曲，三十幾年啦。」三釀老人感受著琴的這一掌，緩緩閉上了眼睛，彷彿回到了當年的畫面。「那時候的妳，還是一個什麼都不懂的新魂，飽受其他陰界魂魄欺壓，到我這裡的時候，妳甚至只剩下一口氣。」
琴還在揮掌拍擊三釀老人的身軀，她發現，三釀老人說得沒錯，掌比爪更順手。
而且奇妙的是，越是揮掌，原本遭到三釀老人身體所反震的力量，竟也隨之減弱。手，越來越不痛了。
「帶妳來找我的，是我另一個徒弟，也就是妳的師兄。」三釀老人感受著琴手掌的力量，緩慢的訴說著回憶。「你們，是我這輩子教過最出色的兩個徒弟，你們兩個人彼此互相激勵、互相珍惜，就算再苦的訓練，你們也不畏懼。」

琴耳中聽著三釀老人的故事，漸漸的，她發現自己手掌竟出現了變化。

掌心，有光。

微弱到幾乎肉眼無法分辨的微光，正隨著她每次拍擊，幽幽的閃爍著。

「而且越到後來，你們越能掌握住自己的根本，也開始變化出專屬於自己的招數。」三釀老人說到這，嘆了一口氣。「或許，從這時候開始，你們就註定走上不同的道路。」

琴的掌一拍，微光乍現。

她感到一股暖流從掌心到手腕，再從手腕到手臂、肩膀、心臟，然後到全身。

而當熱流又流回掌心的時候，她發現微光又不同了。

微光再度閃爍。

不，與其說閃爍，不如說是放電。

這是電流嗎？

「妳的招數是電，帶點變化莫測與頑皮任性的電流，正符合妳的性格。」三釀老人閉著眼睛，他開始感到刺痛了。

因為琴的掌，已經融入了電流，開始瓦解他身上的老樹皮了。

「而妳師兄的個性，平時爽朗大度，一怒起來則是天翻地覆，更引發出另一種絕招……」三釀老人慢慢的說著，「是風。」

風？聽到這個字，琴有種似曾相識的感覺，她的掌微微停頓了一下。

但身體湧現出來的熱流，又讓她禁不住繼續打下去。

她知道，三釀老人正在教她，用自己的身體，喚醒琴體內，那強悍的武曲靈魂。
「再一掌！」
琴聽到她體內不斷狂湧出來的聲音。
「再一掌！！」
正逼著她越來越強。
「再一掌！！！」
越來越強。
「再一掌啊啊啊啊！」
琴在這剎那，不再單掌出擊，雙掌合併，電能在手臂中湧現，一口氣拍向了三釀老人的胸口。
轟。
三釀老人的上衣全部飛散成碎片，露出結實的身體，而整間放映室更因為這一掌而微微晃動。
琴的手停在三釀老人的胸口，呼呼喘著氣。「我……」
「妳贏了。」三釀老人微微一笑，伸手往胸口捏起一塊焦黑死皮，「妳傷了我的皮。」
「呼呼呼呼……好誇張啊。」琴喘氣著，瞇著眼笑了，「我超實力的一掌，只傷了師父你一點皮？」
「這就是真正的距離。」三釀老人把手上的死皮磨碎，「也是當妳決定加入易主之後，必須克服的距離。」

「距離嗎?」琴閉著眼睛，忽然間，她感覺到肩膀上正微微發癢。

一轉頭，她赫然發現，花開了。

只是這次不是妖豔染血的紅色，而是高雅迷人的紫色。

這表示……連陰界紫羅蘭都認同了她的實力嗎?

「恭喜妳，妳掌握了自己的道行。」三釀老人露出欣慰的笑容。「雖然這一切只是開始。」

「嗯，謝謝。」琴害羞的笑了，曾打出如此雷霆威力一掌的她，仍有著宛如小女孩的純真笑容。

「然後，我答應給妳的另一樣東西……」

「你是說，聖・黃金炒飯的……米。」

「我早就給妳了。」三釀老人微微一笑。

「啊?」

「我是陰界植物的操作者，要把米放入植物之中，又有何難?看看妳的肩膀吧。」

琴一呆，轉過頭看向自己的肩膀，這時，這株紫羅蘭出現了異象。

只見紫羅蘭的花瓣中間，慢慢浮現了一粒純白色、橢圓形的物體。

這物體順著花蕊中心浮現，越來越大，到後來約莫有一個盤子的大小。

接著，咚的一聲，落到了琴捧著的掌心中。

琴只感到鼻腔內盈滿一股清香，那是土地與風合而為一的香氣，正是正港台灣米的香氣。

只是……琴皺眉，「這粒米和一顆美式足球一樣大？未免太大了吧？」

「小甘，我雖然沒嚐過聖‧黃金炒飯，但我也對它久聞其名了，妳似乎一點都不知道聖‧黃金炒飯真正的模樣，」三釀老人笑著搖頭，「米在外，餡在內，沒錯，這粒米就是聖‧黃金炒飯用的米……」

「真的？」琴詫異的張大了嘴，「原來就算聽過『炒飯』的名字，也不一定就能知道它的樣貌，這陰界還真令人驚奇啊！」

「不過，妳得要好好珍惜這粒米。」三釀老人微笑，「畢竟，這和紫羅蘭一樣，是用妳自己的道行所栽種得來，裡面有專屬於妳的味道了。」

「嗯。」琴點頭，她有個終生務農的爸爸，她知道「農夫」與「作物」之間，那種緊密相連的關係。

「好啦，妳已經拿到了米，又找回了基礎。」三釀老人微微一笑，「妳可以走啦，去闖蕩這個陰界吧。」

「嗯。」琴看著三釀老人，突然間，她內心湧現一股莫名的熟悉感。

就像是離家多年的女兒，正注視著當年疼愛自己的老父。

「快走啦，我們同屬十四主星，易主時刻難免會有一戰，不要拖拖拉拉的，快走吧。」

三釀老人揮了揮手，轉身就要趕琴離開。

只是，三釀老人的手才揮了兩下，忽然，一個溫暖的擁抱，將他用力抱住。

抱住他的人，正是琴。

「呃？」三釀老人表情錯愕，但他也沒有將琴推開。

「師父。」琴低語，「雖然我還沒想起你，但我真的謝謝你。」

「這是武曲說的？還是妳說的？」三釀老人嘆了一口氣，語氣也溫暖了起來。

「『我們』一起說的。」琴把臉埋在三釀老人的胸膛，此刻的她沒有半點男女情愫，只有女兒對父親的撒嬌。

「嗯，『妳們』嗎？還沒找到記憶的小甘，妳叫什麼名字？」

「呵，我叫琴，鋼琴的琴。」

「琴，鋼琴的琴，我會記住的。」三釀老人笑了，眼角的魚尾紋帶著微微的水光。

「嗯。」

「琴。」三釀老人低語，「妳知道我為什麼叫妳小甘嗎？」

「我猜得到。」琴聲音雖低，卻帶著濃濃的鼻音。

「喔？」

「你因為欣賞『刺激1995』，而幫自己取了『自由人』這個名字，而這部電影雖然經典，得獎紀錄卻不多，原因並不是因為電影不好，而是在同一年，出現了另一部同樣改寫影史的怪物。」琴的聲音從三釀老人的胸膛傳出。

「嗯。」三釀老人語氣上揚。

「那部電影，就叫做『阿甘正傳』。」琴語氣哽咽，「你叫武曲為小甘，是因為對她的未來充滿了期待，甚至期待她超越自己。」

「呵呵，呵呵呵呵。」三釀老人仰頭笑了，越是笑，那魚尾紋中的水光，則越來越清晰，也越來越燦爛。「好，好，好。」

「我沒猜錯吧？」

「正是。」三釀老人笑完，「但我同時認為，武曲這女孩啊，固執單純又善良的程度，和阿甘沒啥兩樣啊，而我自己，則像摩根．費理曼一樣狡猾聰明啊。」

「嘻，這樣也不錯啊。」

「是啊。」說到這，三釀老人的語氣突然轉低，嚴肅而認真的說，「聽著，小甘，和琴。」

「是。」

「要保重。」

「嗯。」琴突然眼睛一熱，徘徊在眼眶多時的眼淚，就這樣流了下來。

她不知道自己為何而哭，但她知道，這三個字真摯深重，宛如老父對即將離家的女兒，溫暖的教誨。

這三個字，對武曲而言，一定很重要吧。

不然，琴不會因此而流下眼淚。

「好，走啦。」三釀老人放開了琴，轉過了身子，背對著琴。

琴看著三釀老人寬闊的背，她知道，是三釀老人不想被琴看到他哭的樣子。

因為過了今天，他們也許就不再是師徒，而是背負自己命運戰鬥的敵人了。

琴深深一鞠躬，低聲說：「謝……自由人。」

她離開了地下放映室，輕輕的掩上門，眼淚，則是不爭氣的不斷流下。

走到了非觀點樓上，「天使星」小天一見到琴，立刻露出笑容。

「花開了，不錯喔，是紫色的。」小天笑著，鼻子抽動了兩下。「而且，好香的土地氣息啊，有不得了的食材出土了嗎？」

「呵，有啊，而且是我身體自己種的。」琴揉了揉哭紅的眼睛，笑著回答。

「看樣子，妳拿到自己想要的東西囉。」小天看見琴的眼眶，露出理解的溫柔微笑。

「應該是。」

「那我也要給妳一個禮物。」小天微笑，低頭從櫃子下面掏了半天，終於掏出幾顆深黑色的豆子。「這是陰界的咖啡豆。」

「喔？好豆子。」琴接過豆子，放在鼻尖嗅了幾下，她聞到一股高雅的咖啡氣味，這味道在陽世，絕對是頂級豆子。

「呵，我必須要說，它的確是頂級的豆子，」小天豎起大拇指，「但要注意的是，陰界的豆子，比陽世的豆子肯定要稍微……兇猛一點。」

「兇……兇猛？」琴驚恐的看了自己手上豆子幾眼，這些日子下來的經驗告訴她，小天說的可能是真的。

「別擔心啦，這些豆子，也是三釀老人要送妳的禮物，不會害妳的。」小天一笑，「要保重啊，記得，危險的時候再使用這些豆子就好。」

「嗯……危險的時候？」琴苦笑，一般人應該是說「想喝咖啡的時候」吧？

「那妳準備好要去下一個地方了嗎？」

琴想了想，搖搖頭，「其實，我不知道要去哪裡找第二項食材……」

「這妳就別擔心了，因為妳外面的夥伴似乎已經知道了。」

「喔？」琴眼睛一亮，「夥伴？」

小天按下電動按鈕，非觀點的鐵門緩緩升起。

琴看見了一對玻璃雙斧，還有一個如陽光般燦爛的笑容。

「小才！」琴忍不住叫。

「琴姊！」小才也大叫，「妳拿到第一項食材了嗎？」

「嗯。」琴豎起大拇指。

「好厲害喔琴姊，而且，我要告訴妳另外一個好消息喔。」

「真的嗎？」

「小傑不是去號召夥伴嗎?他不只找到了夥伴，更意外探聽到第二項食材的消息了。」

小才語氣興奮。

「真的？是哪一樣？」
「橄欖油。」
「在哪呢？」
「有著『陰界貧民窟』之稱的……」小才嚥了一口口水，「亂葬崗。」

「亂葬崗？」琴吸了一口涼氣，無論如何，那裡好像都不是一個開心的地方啊。
而就在琴要離開之際，小天從後面喚住她，並塞了兩杯飲料過來。
「這是芋頭西米露。」小天低聲說，「帶去路上喝吧。」
「謝謝。」
「另外，有件事我不知道該不該講……」
「嗯？」
「也許是我多心了。」小天說，「但我想不通的一件事是，為什麼警察會埋伏在電影院裡面等妳？」
「啊？」
「這件事，應該沒人知道才對啊。」小天慢慢的說著。
「嗯。」琴感到背脊微微發涼，「你的意思是，有人……？」

「我什麼都不知道，也許是警察有特殊的技，也許在這裡傳紙條時被人看到了，也或許，電影院裡有政府的眼線……」小天說到這，嘆了一口氣。「但武曲，我要勸妳一件事。」

「嗯。」

「無論是陽世或陰界，人心鬼域，臥虎藏龍，這是不會改變的。」小天溫柔的說，「要保重。」

「嗯。」琴點頭，但此時此刻的她，不願意去想那個最壞的可能……

究竟，警察是怎麼埋伏在電影院裡面的？

天梁星・三釀老人

危險等級：8

外型：白髮童顏的老人，身高約一百八十公分，肩膀極為寬闊，喜愛穿寬鬆的透氣襯衫。

星格：甲級星。

能力：「陰界植物」。

屬於陰界中地位尊貴的「操作系」，能操縱並變化兇暴的陰界植物，熱愛電影，最愛出沒在電影院，常一天就看三四部電影。最愛的電影是「刺激 1995」，更因為喜愛摩根・費里曼而自號「自由人」。

外表看起來是悠閒的退隱老人，但事實上，卻對陰界有份深刻的關懷，雖曾經歷多次易主，但對這次易主感到特別憂心。

第六章・破軍

6.1 — 都是洋蔥惹的禍

陽世。

今晚，小靜還是無法入睡，從離開 Pub 開始，這已經是第三個晚上了。

她閉不了眼，第一次上台唱歌獲得讚賞的喜悅，都因為小風的一席話而完全被沖淡。

小風，琴姊最好的高中同學，這樣告訴小靜……

「學姊走了。」

一台違規紅燈右轉的小客車，撞上正走在斑馬線的學姊，殘忍的帶走了她青春正好的生命。

學姊撐了幾天後離開，她離開了，從此離開了。

小靜想哭，但是哭不出來。

她不斷想到，自己第一次推開宿舍門時，把學姊誤認為學長的笑話，更反覆想起睡在上舖的學姊，老是拉著自己在晚上聊天的時刻。

他們亂聊電影、亂聊咖啡，也亂聊男生。

那個熱情參與社團，還擁有一卡車好朋友的學姊，就這樣離開了。

怎麼會這樣？人生為什麼會這麼脆弱？為什麼會這麼無常？

小靜用棉被把臉給蒙住，她好想哭，可是為什麼就是哭不出來，她不想唱歌了，她以後該唱歌給誰聽？學姊聽不到了啊，她最喜歡的學姊聽不到了啊。

她自暴自棄，她什麼都不想做了，她不要唱歌了。

而就在這時候，她聽到門外傳來敲門聲。

「叩！叩！叩！」

她轉過身子，假裝沒聽到，假裝這房間沒人。

但那敲門聲，卻還在持續。

「叩！叩！叩！」

小靜繼續蒙住頭，繼續裝死。

但敲門聲卻比她想像中有毅力，就這樣敲了三十幾分鐘。

這個敲門者似乎早就知道小靜躲在房裡，靠著毅力要把小靜硬逼出來。

終於，小靜擔心吵到鄰居，緩慢起身，踏著飄浮的步伐，走過去開門。

打開門，迎面而來的，是蓉蓉一臉亮麗的笑容。

「哈，妳果然在，很討厭欸，妳都不接電話。」蓉蓉不管小靜愣住的表情，提著兩大袋食物，自顧自的走進了房間。

「蓉蓉，我心情不好……」小靜此刻不想見人，誰都不想見啊！

「我心情不好？不會啊，我心情不錯呢。」蓉蓉雞同鴨講的說。「我告訴妳喔，妳家附近有間商店買菜超便宜，我一興奮就買了好多菜，又不想提回家好遠。記得妳說過，妳租的房子有瓦斯爐，就打算在這裡煮一煮，省得扛回去啦。」

「蓉蓉……」

「妳的瓦斯爐在哪？啊，我找到了。」蓉蓉把塑膠袋打開，裡面從菜到肉，應有盡有。「妳一定不相信我很會煮飯吧？等會讓妳嚐一下我的手藝。」

「蓉蓉……」個性溫和的小靜，不想直接下逐客令，但此刻的她，真的對蓉蓉的熱情無從消受。

她好想一個人靜一靜。

「放心，很快，我煮東西很快，煮完就走，我只是懶得提東西回家而已啦。」蓉蓉在廚房東掏西掏，「醬油在哪？啊，找到了，小靜妳的廚房整理得很好，很乾淨喔。」

看著蓉蓉在廚房快速穿梭的背影，小靜頹然坐下，她不想再講了，只是安靜的看著蓉蓉在廚房忙碌。

呼的一聲，抽油煙機被打開，瓦斯爐上的火被點開，水裝滿了一鍋，準備開始煮湯。

而就在蓉蓉宛如美妙音樂的背影中，突然間，蓉蓉輕輕說：

「小靜。」

「嗯？」

「妳知道我為什麼會煮飯嗎？」

「不知。」

「因為我媽媽，在我十九歲那年過世了。」

「啊？」小靜一呆。

「我媽媽是我聽過最會唱歌的人之一喔，她唱平劇、唱小調，小時候我好愛窩在她的懷裡，聽著她一遍又一遍的唱著黃梅調。」蓉蓉語氣輕柔，彷彿在輕輕撫摸著一段溫暖但令人心碎的回憶。「等我稍微長大了，更追隨著媽媽的腳步，開始唱歌。」

「嗯。」小靜安靜的聽著。

「媽媽支持我的夢想，她從小帶我上歌唱班，等我稍微大了點，就把我打扮得漂漂亮亮的，去參加比賽。」蓉蓉在廚房的速度依然不停，一會切菜，一會洗砧板。

「嗯。」

「那時候我好喜歡媽媽喔，我在台上唱歌，只要知道媽媽在台下，我就一點都不怕了。」蓉蓉的背影依然忙碌，這次是把菜丟入了油鍋中。「我有時候覺得，我的歌是為了她而唱，因為她開心，我就唱得開心。」

「嗯。」

「我永遠記得她離開我的那天，那是我參加一個唱片界舉辦的大選秀比賽，我已經唱到了前四強，卻接到緊急電話，說媽媽病危。」

「啊？病危？」小靜發現自己的手正在抖。

「而下一首歌輪到我唱了。」蓉蓉的動作不停，但她的語氣中已經出現了鼻音。「我當時聽到，整個人呆住了，我問自己，還要比賽嗎？我到底在幹嘛？我要回去看媽媽啊，我之所以唱歌，不就是為了媽媽嗎？」

「蓉蓉……」小靜輕輕的喊著，「蓉蓉。」

「可是我想到……我想帶著好的名次去找媽媽，告訴媽媽說，我得第一名了，妳要快點好起來，妳一定要聽我繼續唱歌！」

「所以……」

「所以，我還是唱完了那首歌。」

「嗯。」

「只是那首歌我唱得好爛喔。」蓉蓉語氣哽咽。「因為我唱到一半就哭了，哭得唏哩嘩啦的，哭到主持人和評審都上來安慰我。但我只是哭，不斷的哭著。」

「蓉蓉……」小靜好心疼，心疼這個外表永遠樂觀開朗的女孩。

「然後，當然就沒有得名。」蓉蓉用袖子擦了一下臉，「我只是像瘋了一樣，衝上計程車趕去看媽媽。」

「蓉蓉……」

「可是，我媽媽沒等到我喔。」蓉蓉又用袖子擦了一下臉。「她躺在病床上，眼睛已經閉上，我好難過，哭了好幾天呢。」

「蓉蓉，拍拍。」小靜起身，她想要抱抱蓉蓉，給她溫暖，就像學姊曾經給過她的溫暖一樣。

「後來，是我爸爸和我說了一件事，『妳媽媽在臨終的時候，已經彌留，說話都不清楚了，但她卻一直重複說著同樣的話。』」

「嗯?什麼話呢?」小靜輕聲說。

「『我聽到蓉蓉的歌聲囉，』媽媽閉著眼睛微笑，頭輕輕搖著，就像在打著拍子。『她唱得好好喔，真的唱得好好喔。』」

「蓉蓉……」小靜拉住蓉蓉的手。

「從此之後，知道媽媽會來聽我唱歌，我就不怕了，而且我一定要不斷的唱下去，因為我始終相信，媽媽在天上聽著。」

「嗯。」

「呵，好討厭喔，都是洋蔥啦。」蓉蓉用手抹去流滿臉頰的淚水，「妳知道嗎?我討厭切洋蔥。」

「蓉蓉。」小靜抱著蓉蓉，把臉埋在蓉蓉的背上，忽然，小靜發現蓉蓉的背，出現了兩圈水漬。「啊?對不起，我……我的眼淚把妳的衣服弄溼了。」

「傻瓜，哭出來很好啊，都是洋蔥啦，對不對?」蓉蓉也跟著哭。

「嗯，都是洋蔥，都是討厭的洋蔥啦。」小靜再也忍不住，抑鬱了整整三天的淚水，就這樣不斷的湧出。

宿舍裡，第一次和學姊相遇。

社團裡，第一次和學姊一起辦活動。

那通簡訊，她帶來了大鍋，學姊用力抱住了她。

畢業典禮上，她與柏，合送了學姊最怪的花椰菜。

畢業後，學姊永遠記得她的夢想，不間斷的簡訊鼓勵。

再見了，學姊。

我一定會繼續唱歌，我一定讓離開這世界的妳，依然聽到我的歌聲。

小靜就這樣盡情的哭著哭著，哭到不知不覺的睡著了。

小靜睡著後，做了一個夢。

那是一個很奇特的夢，夢中，她見到了一個盲眼女子。

對小靜來說，這女人很美，並不是那種驚天動地的美豔，而是一種經過漫長歲月歷練後，所生成的一種嫻靜智慧的氣質。

夢中，那盲眼女子正對著自己說話，語調中是些許的惆悵。

「你就快要死了。」

小靜聽到自己的回答，那不是自己的聲音，低沉而沙啞，竟是一名粗獷男子的嗓音。

「我知道。」

「你死後將魂飛魄散，而你的星格，直到下次易主，才會重新出現。」

「我知道。」小靜聽到自己低低的嗓音，這樣說著。「那我是否還會記得現在的我？」

「不會，你是魂飛魄散，而非陰陽轉世，不過……十四主星之一的你，也許存在著特例。」那美麗的盲眼婦人淺淺一笑，「但記得又如何？易主不斷重複，主星們不斷替換，記得又如何？」

「但這次的易主如此慘烈，恐怕六百年後，才會出現一次大規模的易主。」

「唉，六百年後，宋朝也早已不再，你又何必掛心？」盲眼婦人輕聲說。「生生死死，輪迴不斷，這是天命，難抗啊。」

「哼！天命？這是我最不信的部分。」小靜可以感覺到自己聲音中那濃烈的霸氣，但也同時感覺到自己身體的生命力正在消失。「我一定可以，抗天命。」

小靜感覺到，自己好像快死了。

「呵，是沒錯，抗天命，也許就是你的天命。」美麗的盲眼婦女說到這，輕嘆了一口氣。

「抗天命是我的天命？妳在繞口令嗎？算了，殺了我吧，讓這次易主結束吧。」這男人的嘴裡發出狂妄的大笑。「哈哈哈，別婆婆媽媽啦。」

「是啊，是該結束了。」盲眼婦人再次嘆息，而同時間，她的面前一陣輕柔的七色光芒過去。

一座巨大的鋼琴已然出現。

小靜從來沒看過這麼大、這麼美，外型這麼奇異的鋼琴。

「我期待六百年後的易主，那真正瘋狂暴亂的戰場，才是我的舞台。」男子狂笑之間。

「天同星孟婆，別婆婆媽媽了，殺了我吧！」

「唉。」美麗的婦人雙手在高舉之後落下，十根指頭往鍵盤上狠狠的敲了下去。

這一敲，天地為之顫動。

七種不同顏色的音符，化作七支箭，七支箭形狀各自不同，有的成勾，有的似劍，有的無鋒，更有的狀似八爪。

這七支箭在空中微微一頓，一起射向了男子，也等於射向了小靜。

看著兇狠暴力的七支箭同時射向了自己，小靜忍不住放聲尖叫。

尖叫中。

小靜醒了。

渾身冷汗的醒了。

「小靜！小靜！」蓉蓉雙手搖著小靜，「妳還好吧？妳做惡夢了嗎？」

「我……我夢見了好多箭……朝我射來……」小靜醒來，雙手緊緊攫住蓉蓉的手臂，用力之大，讓蓉蓉的手臂已然紅腫。

「看起來真的是一場惡夢。」蓉蓉溫柔的說，「一定是太傷心的關係啦，不，一定是洋蔥的關係。」

「呵，是啊，洋蔥真是令人害怕的食材啊。」小靜感受到蓉蓉的善意，嘴角輕輕微笑。

「快點吃吧，要等到我大展手藝並不容易喔，上次品嚐到的，是我的前男友。」蓉蓉說到這，嘆了一口氣。「可惜他永遠都吃不到了。」

「啊？他怎麼了嗎？」

「死了。」蓉蓉低下頭，「而且還是死於食物中毒。」

「啊？」小靜一驚，「食物……中毒？」

「騙妳的啦，妳還當真咧？」蓉蓉大笑。「我們分手啦，他說，他忍受不了女人愛唱歌勝過愛他，所以分開了，男人真是愛吃醋的生物。」

「呵呵。」

「那妳呢？有男朋友嗎？」

小靜搖了搖頭。她和柏的關係，應該稱為朋友比較適合吧。

或者是，神祕的知心好友？

「那後天，我替妳在電視上徵求好了。」蓉蓉微笑。

「欸？」

「嘿，我就知道妳忘記這件事了，後天，我們就要比賽了。」蓉蓉溫柔的笑著，「我們要合唱勒。」

「啊啊啊啊啊。」小靜猛然想起，「對啊，這幾天我都在想學姊的事情，都忘記要比賽了。」

「傻瓜，還有時間啊。」蓉蓉摟住了小靜的腰，給她溫暖一抱。「放心，我不會讓妳輸的。」

「嗯。」小靜用力點頭。

「別忘記了，我已經是妳的歌迷。」蓉蓉輕聲說，「我們一定要闖到最後。」

「一定要闖到最後。」小靜仰起頭，注視著天花板，「讓學姊聽到，我不放棄夢想的歌聲。」

「沒錯。」蓉蓉微笑。「這樣想，就對了。」

一定要唱到最後，讓學姊聽到，我不放棄夢想的歌聲。

一定，要唱到最後。

6.2 一躲避人與忍耐人

陰界，黑暗巴別塔，鬥士的宿舍裡面。

柏自從打到了五十層，驚險的打敗了貝比魯斯之後，他一口氣晉升到六十層。距離火王的一百零一層，只剩下四十一層的距離了。

這晚，阿歲再度來到宿舍，他帶來的是柏下一場比賽的資料。

一進柏的房間，阿歲順手把比賽資料和幾封信，扔到了柏的桌子上。

「這是什麼？信？」此刻的柏，他正在進行一種「閉著眼睛」的鍛鍊。

這個鍛鍊已經長達十小時了，這十小時內，他如常的盥洗、睡眠、走路，還有做各種揮拳練習。

會閉上眼睛，目的是鍛鍊自己的風。

他要讓自己對風的感覺，更敏銳、更精密，為了迎戰接下來更強的對手。

「是啊，恭喜你，有粉絲囉。」阿歲跨坐在柏的床上，咧嘴笑著。「而且還是正妹。」

「沒興趣。」柏搖頭，繼續他的揮拳。

他蹲著馬步，重複同樣的正拳，已經四千九百六十一次了。

這是他從陽世黑幫中學到的，以前他的拳頭被人稱為「強大」，其實是他不斷鍛鍊而成的。

當同樣的拳頭不斷揮擊，身體就會開始慢慢調整姿勢，肌肉更會隨之強壯，連呼吸，也會在急喘中找到足以供應氧氣的速度。

一百下也許會痠痛，一千下也許會痲痺，但是到了五千下，拳頭就會變得銳利而兇狠。

這就是柏的鍛鍊之道。

孤單且固執的鍛鍊之道。

「那個粉絲雖然蒙著臉，但身材和體態看起來超正，一定是大美女，算了，我知道你沒興趣。」阿歲聳肩，「另外，你拜託我調查的……陽世歌唱比賽的場地，我查到了，還有錄影時間我也到手了。」

「謝謝。」柏還在揮拳，目前是四千九百七十二拳。

「你要去看歌唱比賽，對吧？」阿歲把小電視放在柏的桌上。

「是。」柏點頭，目前是四千九百七十九拳。

「下次要看的時候，記得找我，我也滿有興趣的。」

「嗯。」柏的拳頭，四千九百八十二拳。

「桌上有下次比賽的資料。」阿歲手指著桌上的資料夾，「想知道下一個對手是誰嗎？」

「不重要。」

「你又來了。」阿歲雙手一攤，「不過我還是得對你說，這次比賽的對手比較不用擔心，他是苦幹型的選手，參加黑暗巴別塔已經三年了，慢慢才熬到這裡。」

「嗯。」現在，是四千九百八十九拳。

「他叫做阿鋼，人稱『忍耐人』，生前是一個鑄鐵廠的工人，死因是失足掉到鐵爐裡面，而到了陰界以後，全身的鋼鐵成了他的絕招。」阿歲看著資料說，「一開始叫做鋼鐵人，後來就被忍耐人這個綽號給取代了。」

「嗯。」

「不過這傢伙不強，打架方式也很固定，一拳一拳和敵人對打，直到敵人被他揍倒為止。」阿歲搖頭，「他的忍耐力很強，復原力更強，敵人的拳頭幾乎無法對他造成關鍵的傷害，所以他打了四百多場，只輸過兩場，剩下一半是勝利，一半是和局。」

「四百場，只輸了……兩場？」這數字，讓柏吸了一口氣。

在臥虎藏龍、暴力詭異的黑暗巴別塔，打了四百場，只輸過兩場？

這忍耐人，肯定非常耐打啊。

「正是。」阿歲看著資料，越看越是搖頭。「巴別塔主席主辦單位，超級討厭他的，因為看他打架太無趣，偏偏又沒法子把他趕走，就安排了這場比賽。」

「呵，躲避人對忍耐人嗎？」拳頭已經累積到四千九百九十二拳。

「是啊，主辦單位的賭注還包括了……『賭這場比賽能打多久？』除了坐票之外，還賣床鋪票，你說過不過分？」

「嗯。」柏閉著眼睛，突然像是想起什麼似的，開口問道：「那忍耐人輸的那兩場，對手是誰？」

「很好，你問到重點了。」阿歲一拍資料，「其中一個是你感興趣的，火星鬥王。」

「嗯，所以他也曾挑戰過鬥王……那另一個呢?」現在是四千九百九十四拳。

「另一個啊，算是名不見經傳，參加比賽的次數和你差不多……」阿歲拚命翻著資料紙，才找到這個躲在角落裡的小小名字。「小英。」

「小英?」柏微微呆住，這名字好平凡啊。

和「小明」、「小華」並稱平凡故事三人組的「小英」?

「不過，這位小英也夠神祕，全部的資料也只有參賽的十場比賽，十戰全勝，而且……」阿歲說到這，吞了一下口水。

「而且怎麼?」

「除了忍耐人外，對手沒有一個活下來。」阿歲喉嚨咕嚕一聲，「甚至……沒有一個是全屍。」

「嗯。」柏眉毛跳動了一下，四千九百九十七拳。「這麼暴力?」

「綽號，暴力小英。」

「暴力小英嗎?我記住了。」柏吸了一口氣，繼續揮拳，現在已經是四千九百九十九拳了。

練拳，是要提升破壞力，只會躲避是不夠的。

這是他在 Pub 與章魚交戰後得到的心得，要躲避，更要能反擊。

然後，最後一拳。

五千拳。

「喝啊！」柏的第五千拳，揮出，然後收回。

這秒鐘，他彷彿見到了自己拳頭上，揚起一股凌厲的風刀。

柏知道，就算遇到再頑強的敵人，只要他揮上五千拳，對方的防禦一定會崩潰。

五千拳，就是決定勝負的分水嶺。

黑暗巴別塔的另外一頭。

全身包覆著鋼鐵的忍耐人，正在做賽前的冥想，這是他每場比賽之前必做的事情。

因為每場比賽對他來說，都像是一場集合了疼痛與無奈的耐力賽，在賽前進行冥想，有助於他撐過比賽。

冥想到最後，他總會拿起放在桌子上的一張舊照片，再看一次。

舊照片裡頭的一對年輕的男女，正對鏡頭開心比出「YA」的姿勢。

照片上的男子，眉清目秀，皮膚黝黑健康，正是忍耐人還在陽世的模樣。

男子旁的那位女子，則是與忍耐人相戀十年的未婚妻「茜茜」，未婚妻留著一頭及肩長髮，笑容甜美，照片中，茜茜正甜蜜的倚在忍耐人的肩膀上。

其實，這是一張五年前的照片了。

照片中的忍耐人，就在拍完這張照後不久，失足墜入鐵爐而喪生。

他的猝死，讓茜茜傷心欲絕，就在一個夜深人靜的晚上，她鎖上了房門，點起了煤炭。

她想自殺。

她想離開陽世，去另一個世界尋找她的最愛。

但就在她陷入重度昏迷的時候，茜茜的爸爸破門而入，急送醫院，總算搶下了她的一條命。

只是搶下這條命後，卻付出更慘痛的代價，茜茜因為過度缺氧而造成腦死，變成了植物人。

器官隨著時間不斷衰竭的茜茜，死亡只是幾年之內的事情了。

知道這件事之後，在陰界的忍耐人多次去醫院探望茜茜，直到有天晚上，忍耐人赫然發現，茜茜的床邊站著另外一隻鬼。

她是一個長髮女鬼，長髮遮住半邊臉，看不清楚容貌，但唯一露出的那隻眼睛，卻又大又深邃。

「妳……妳是誰？」忍耐人緊張的說。

「我是政府單位的鬼卒，」那長髮女鬼亮出了證件，那是一張印著「天同」二字的薄金屬板，其材質相當特殊，韌如金卻又薄如鋁。「隸屬天同門下。」

「嗯。」忍耐人信了這女鬼卒。

「這魂魄快死了，你知道嗎？」女鬼卒指著茜茜。

「真的嗎？」忍耐人心臟一跳，茜茜在陽世的死亡，是不是代表她會來到陰界，他們兩個終於可以重逢了？「那她會來陰界嗎？」

「不容易喔。」女鬼卒搖了搖頭。

「為什麼？」

「陽世自殺的人，對陰界來說，都是屬於特殊的案例。」女鬼卒看了茜茜一眼，「違背自然的死亡定律，自己決定提早降臨到陰界，通常都必須承受較大的風險。」

「較大的風險？」

「以陽世的比方來說，他們是『早產』，懂嗎？」女鬼卒說，「因為他們是早產，早產的胎兒通常存活率都不高。」

「啊。」

「加上這女人的魂魄本身並不強壯，又沒有星格護體，早產之後，存活的機會實在很低。」女鬼卒繼續說著。

「怎麼辦？」忍耐人緊張，「我能做什麼？」

「能量弱，一到陰界就會魂飛魄散，這是定律。」女鬼卒搖頭，「對一般的魂魄來說，這也是無可奈何的。」

「一定有辦法的吧？」

「有，但價值不菲。」女鬼卒嘆了口氣，摸了摸柔順長髮。「她需要能量，寶物最能提供好的能量。」

「寶物？」

「對，而且是治療系的寶物，這樣的寶物，動輒上千萬，你又不是財力雄厚的政府與黑幫？怎麼買得起？」

「我……去賺，哪裡最賺得了錢？」

「嗯。看你一片真心，我可以給你建議，但千萬別和我的頂頭上司孟婆說，畢竟她很反對那裡……」女鬼卒苦笑了一下。

「哪裡？」

「一個靠著拳頭和生命去換取金錢的骯髒地方……黑暗巴別塔。」

「黑暗巴別塔？」

「對，只要你能不斷往上打，」女鬼卒說，「打到九十層以上，賺上千萬元不是難事，但是風險也很高。」

「我不怕。」忍耐人咬牙。

「嗯，但還有件事我得先和你說。」女鬼卒看了一下躺在病床上的茜茜，又看了忍耐人一眼，眼神中有著憐惜的溫柔。「你的樣子和以前不同囉，誰也沒辦法保證，你未婚妻仍會接受你。」

「嗯。」忍耐人一愣，看了看自己身上一塊一塊如同疤痕般的硬鋼，他醜陋得像是怪物。的確，這樣的怪物，茜茜會接受嗎？

「我只能說，你用命換來的錢，也許根本——」

「不。」忍耐人伸手阻止了鬼卒繼續說下去，「我不管。」

「不管？」

「我要存夠錢，買下寶物，我要讓茜茜的魂魄活下去。」忍耐人咬著牙，語氣中有著深刻的悲傷。「茜茜怎麼看我，我不管！」

「好。」女鬼卒溫柔一笑，「那我把黑暗巴別塔的位置，告訴你吧……」

忍耐人深深握拳，他即將挑戰的，是介於黑幫與政府間的戰鬥絕地，黑暗巴別塔。

時間，回到現在，地點，也回到陰界。

嘟！嘟！簡訊聲響起。

「預告，預告，黑暗巴別塔史上最令人討厭的兩個廢物『忍耐人』與『躲避人』比賽，輸的用命來賠！」簡訊是這樣寫的。「時間今日下午六點，歡迎來一起見證廢物死亡瞬間。」

這天下午，所有喜愛黑暗巴別塔戰鬥，或有在黑暗巴別塔留下手機資料的人，都收到了這封簡訊。

鈴收到這簡訊，豔麗的容顏露出一抹微笑。

「真好，『我的他』又要打架了，讓我來搗蛋一下好了。」鈴仰望著天空，「易主時刻逼近，得先準備好才行。」

嘟！嘟！簡訊聲響起。

「預告，預告，黑暗巴別塔史上最令人討厭的兩個廢物『忍耐人』與『躲避人』比賽，輸的用命來賠！」

「躲避人？忍耐人？」紅樓中，天姚星也看到了簡訊，她轉頭對身旁的男人天馬說：「好像挺有趣的，要去看嗎？」

天馬，此刻已經坐在天姚的身旁，表示他已經坐穩紅樓戰鬥部隊「姚門」中的第二把交椅。

只見他宛如藝術家的臉，點了點頭。

「還是不喜歡說話啊。」天姚聳肩，「我猜，這會是一場打很久的比賽吧，也算是特別啊。」

嘟！嘟！簡訊聲響起。

「預告，預告，黑暗巴別塔史上最討厭的兩個廢物『忍耐人』與『躲避人』比賽，輸的用命來賠！」

黑暗巴別塔內，一個寬大素雅，佈置得精緻乾淨的房間內，一個戴著無框眼鏡，留著女學生短髮的年輕女孩，正單手托腮，看著眼前十九吋的電腦螢幕。

電腦螢幕上，展現的正是忍耐人與躲避人即將交戰的網頁。

「嗯，網路訂票系統。」這女孩手指如飛，一下子就完成了網路訂票，「挑戰火星鬥王之前，我應該會遇到他們其中一個。」

最後，女孩退出了登入畫面，螢幕上留下的是她的名字。

小英。

暴力小英。

嘟！嘟！簡訊聲響起。

「預告，預告，黑暗巴別塔史上最討厭的兩個廢物『忍耐人』與『躲避人』比賽，輸的用命來賠！」

「黑暗巴別塔又有特別賽了。」在漁港邊，幾個人正一邊秤著剛釣上來的大鮪魚，一邊看著簡訊。

「忍耐人和躲避人？」其中一個壯漢用沾著魚血的手，摸了摸手機。「這兩個打架超無聊的人啊。」

「巴別塔也夠賤的啦，故意讓這兩個傢伙打。」另一個男子身材也同樣粗壯，這是在大海中鍛鍊出來的體魄。「不過就因為這樣，才有點好玩啊。」

「想去啊？」第一個壯漢看著前方，「那今晚就找就小組長一起去吧。」

遠處，他們口中的小組長正兩手各抓著一條超過兩百斤的大魚，漫步而來。

「看別人打架嗎？我去。」這小組長的頭上無毛，整個人就像是一隻大章魚。「這可是我海幫『章魚』的興趣咧。」

嘟！嘟！簡訊聲響起。

「預告，預告，黑暗巴別塔史上最討厭的兩個廢物『忍耐人』與『躲避人』比賽，輸的用命來賠！」

忍耐人的房間裡面，一個長髮女孩悄悄來到，她的長髮遮住了一隻眼睛，露出的那隻眼睛深邃而憂鬱，給人一種虛弱陰森的美感。

這女孩不是別人，正是曾經幫助過忍耐人，隸屬孟婆底下的女鬼卒。

「小忍，你看到簡訊了嗎？」女鬼卒拿起手機，沒被頭髮遮住的那隻眼睛，流露出難掩的憤怒。

而「小忍」，是女鬼卒用來稱呼忍耐人的綽號。

「那不重要。」忍耐人看了女鬼卒一眼。「雖然難聽，但人越多越好，因為能讓我存錢越來越快。」

「你能這樣想，是最好的啦。」女鬼卒嘆氣。「那你想知道對手的資料嗎？」

「麻煩妳了。」

「躲避人，戰績十六勝十六和，最經典的戰役是打敗了貝比魯斯，躲避人最擅長躲避，可以在敵人打到他之前逃走，是很讓人討厭的打法，攻擊力平平。」

「攻擊力平平？」忍耐人問。

「嗯。」

「那不是和我很像？」

「呵，我不認為喔。」女鬼卒認真的看著忍耐人。「你的努力只有我知道，現在你的攻擊力已經不遜於任何八十層以上的高手了。」

「也許，對方也是。」忍耐人閉著眼睛，繼續他的冥想。「若我的預感沒錯，這應該是最後一場了。」

「最後一場？」女鬼卒一呆。

「我的存款差五十萬就足一千萬，到時候就可以買下治療系寶物來幫助茜茜了。」忍耐人輕聲說，「經歷超過四百場戰役，終於走到這一刻了。」

「喔？這麼快……你就湊齊了一千萬？」女鬼卒一愣，她發現自己的聲音有些古怪，像是喉嚨哽住了什麼異物。

「嗯，鬼卒朋友。」忍耐人忽然抬頭，認真的看著女鬼卒。「這些日子以來，有件事想和妳說。」

「什麼事？」

「謝謝。」忍耐人的嘴裡吐出了這兩字，聲音雖輕，卻可以感覺到背後的深刻感謝。

「嘿，幹嘛說謝謝……」

「謝謝。」忍耐人又說了一次。

「嗯……」這秒鐘，女鬼卒看著忍耐人認真的表情，忽然間，她湧起一股不好的預感。忍耐人說謝謝，難道是他意識到了什麼嗎？人家說，最後一次的任務最危險，而這場比賽更是忍耐人湊齊一千萬的最後一場比賽了。

「忍耐人……」

「我出發了。」忍耐人一甩毛巾，大步推門離開。

女鬼卒愣愣的看著忍耐人的背影，她不懂得，為什麼當忍耐人說起這是最後一場比賽時，她內心卻湧現了遺憾的感覺？

以及，心頭閃過的那一絲不祥是什麼？

女鬼卒緩緩的伸手入懷，掏出了那張印有「天同」的政府證件。

只聽到她喃喃自語。

「偷了孟婆阿姨這張識別證，原本只是好玩，怎麼會有點感傷呢？」女鬼卒輕輕的說，

「我該怎麼辦呢？爸爸。」

袋。

巴別塔比賽場地。

這是一個露天會場，足以容納五千人，為了這次比賽，主辦單位還邪惡且貼心的送上睡

觀眾席上不時穿梭著叫賣各種陰界食物的小販，像是血淋淋熱狗與凍死人啤酒。

人，不斷的湧入。

電子看板上是各種賭博的方式，像是「打賭二十小時分出勝負」，打賭「躲避人的腦袋

爆或是忍耐人的屍體碎裂。」還有一個怪異選項，「賭他們先分出勝負？還是賭 Div 的地獄

系列會拖搞多久？」

「還差一場。」忍耐人先到戰鬥台的左側，他深深吸了一口氣，右手用力握拳。「我一

定要撐過去。」

另一頭，柏也進到了休息室，他正繼續閉著眼睛，揮著他的拳。

他對風的掌握度已經逐漸攀升，不斷的揮拳也讓他的身體更為放鬆，力量也更犀利。

「記住，五千拳。」柏在心裡默唸著。「就是勝負的分水嶺。」

而觀眾席上，小英已經入場，宛如年輕學生的她才一坐下，旁邊一個肥大魂魄就對她露出不懷好意的笑。

「小姑娘，這裡是黑暗巴別塔，不是妳這種姑娘來的地方吼。」這肥大魂魄滿嘴臭味。「不如來和叔叔約會……」

小英面無表情，正當這個肥大口臭魂魄把手伸向小英的肩膀時，突然一個清脆的聲音傳來。

折斷了。

這肥大魂魄的手，已經整個反轉，手腕骨折，斷成七八十塊，掛在背上。

「啊啊，」肥大魂魄滿臉大汗，哀號著。「啊啊啊，妳，妳是誰？是怎麼折斷我的手的？」

「我是誰不重要。」小英依然托著下巴，眼睛瞧也不瞧肥大魂魄。「但我不會和你約會。」

肥大魂魄倉皇逃開，他到最後都搞不懂，小英究竟是怎麼折斷他的手臂？

以及，這個看起來弱不禁風的女孩，為什麼會暴力到這種地步？

「躲避人？忍耐人？」小英單手托住下巴。「你們誰比較強呢？」

另一個座位角落，鈴與歲驛也坐下了，鈴點了一杯涼飲，輕輕攪拌著吸管，只是越攪拌，飲料的顏色卻越來越深，越來越深……

「呃，妳的飲料顏色變了？」歲驛在一旁看到，傻傻的說，「怎麼回事？」

「當然，」鈴微笑，「你想喝嗎？」

「一點都不想。」歲驛急忙舉起雙手，「肯定有毒。」

「呵，算你識相。」鈴繼續攪拌著飲料，「這飲料待會有用的，有用的啊。」

天姚與天馬進場了，她一進場，眉頭立刻皺起。

「你看到了嗎？」天姚彷彿看到髒東西似的。「遇到一個討厭的人。」

「嗯？」天馬凝神循著天姚的目光看去。「這是……天貴星，龜男？」

「是啊，那龜殼從來不洗。」天姚捏著鼻子，一副嫌得要命的表情。「我老遠就聞到那龜殼的臭味。」

「天貴星也來了。」天馬坐下，藝術家的長髮倚到了肩膀，「今晚，很熱鬧。」

「我也這樣覺得，天貴星自從天福星死了之後，不斷擴張自己的勢力，這次他來，不知道有什麼目的？」天姚也坐下，整理了一下帥氣的頭巾。「今晚，好像會很好玩。」

「嘿。」天馬沒有繼續說話。

但他眼神卻銳利的觀察著所有的觀眾。

對，今晚並不尋常。

彷彿某種巨大的牽連，將許多高手都引來了。

今晚，究竟會發生什麼事呢？

6.3 一五千拳

海幫的幫眾三十餘個人，在章魚的帶領之下，在開賽前三分鐘，才大搖大擺的走進會場。

「快開打了吧？」章魚啃了一口自己帶來的烤魷魚。

「快了。」

「嗯，希望他們打慘一點啊，我們才有樂子可看啊。」

就在此刻，廣播發出一聲怒吼。

「各位，請兩方出場，左方藍色入口的……是目前位在七十九層，戰績四百零二戰，僅有兩敗的忍耐高手……忍耐人出場！」

忍耐人身上披著一條毛巾，露出佈滿了鐵塊與傷口的精實身軀，在觀眾的噓聲中，他緩慢步行登場。

而同時間，廣播器則響起了另一聲大吼。

「右方紅色角落，是另一個讓人唾棄的廢物，專門逃的參賽者！戰績十六勝十六和，歡迎六十層的……躲避人出場！」

柏深吸了一口氣，踏向戰鬥台，只是才踏出一步，迎面而來的就是如浪潮般的噓聲。

「欸，你又被噓了。」阿葳在旁邊低語。

「習慣了。」柏踩著堅定的步伐。

「往好的方面想，你的噓聲比剛才的忍耐人還多。」阿葳笑，「至少你人氣更旺。」

「嗯。」柏苦笑。

在此同時，柏已經走到了戰鬥台前，只見他一躍而上，在閃爍的燈光下，準備迎擊最頑強的敵人，忍耐人。

只是當柏站上了戰鬥台，觀眾席上，幾處地方立刻騷動起來。

騷動最嚴重的，就是那群海幫的所在位置。

「章魚老大，就是他！」一個海幫幫眾指著柏，起身大吼，「在巫婆的魔術湯裡面，打傷我們之後逃走的混蛋，就是他。」

「對，旁邊那個戴著白色鴨舌帽的混蛋，還把我的胸口插了一個大洞！」另一個海幫幫眾撕開上衣，裡面是一個圓形的大傷疤。

「就是他嗎？」章魚額頭上的青筋暴露，「竟然敢明目張膽的出現在這啊?讓我給你一點教訓！」

章魚仰頭一聲咆哮，從觀眾席上一躍而起。

章魚不愧是海幫的重要人物，只見他躍過上百人的座位，越過數百張目瞪口呆的臉，帶著騰騰的殺氣，一口氣躍上了戰鬥台。

「啊？」就在觀眾與主辦單位還來不及反應的時候，章魚的大手已經朝著柏的脖子抓去。

站在章魚後方的裁判見狀，急忙上前要阻止章魚，但章魚陡然從空蕩的背部，伸出了一隻拳頭。

「欸？」裁判還沒來得及吃驚，臉就凹了下去。

裁判被章魚這拳硬是擊中面門，當場昏厥，摔下了戰鬥台。

「混蛋躲避人，讓我來提前結束比賽吧。」章魚狂笑著，大手持續抓向柏。

「颪，」柏的表情上，依然沉靜，「來了。」

這秒鐘，章魚的手竟然抓空了。

因為柏以輕巧的腳步，避開了章魚的第一擊。

「有點進步啊。」章魚獰笑，這次伸出的，不再是雙手而已，而是加上背部的兩隻手。

四手聯攻，上下左右，封住了柏的退路。

「可惡。」章魚怒吼，四隻手同時抓向柏，但就在電光石火的瞬間，柏先是將身體轉了半圈，然後低下頭，驚險萬分的穿過四手組成的邪惡森林，逃了開來。

「呼。」柏急退，這些日子以來的鍛鍊，果然讓他又進步了。

「再來！」章魚狂吼，他記得在巫婆的魔術湯的時候，這小子可沒這麼厲害？怎麼突然變強了？「就讓你見識一下，我章魚的全力吼。」

章魚使出全力，只見他的背部緩緩上升出六隻手，加上原本的兩隻手，八手一齊蠕動，宛如一尊八臂羅漢，氣勢駭人。

「抓到什麼，就扭斷什麼！你死定了！」章魚上半身往前一衝，八隻手同時間一起往前射出，化成更嚴密的死亡陷阱，要逮捕柏這隻落難的小鳥。

柏皺眉，他發現，他的確躲不掉。

單純的體術鍛鍊，終究不是「技」的對手，若要在陰界生存，他一定要找到自己的技。

「既然躲不掉，」柏握高拳頭，全力嘶吼著，「那就同歸於盡吧。」

只是，當柏的拳頭猛力往前揮，已經有重傷的覺悟時，一個物體，卻驚險萬分的出現在柏與章魚之間。

這物體，速度之快，動作之敏捷，遠遠超乎了柏的想像。

這物體，是一尊石像。

半個人高的石像，像極了日本路旁的藏王像，他陡然出現，橫在柏與章魚之間。

章魚的八隻手，更因為石像的出現，而被迫全數改換軌道，甚至停止了攻擊。

石像是何時出現的？怎麼出現的？章魚與柏竟完全不覺。

「你是啥東西？」章魚怒吼，「幹嘛阻我殺這廢物？」

石像抬起頭，石頭嘴唇微微張開，竟說起話來。「黑暗巴別塔第二十四條規定，觀眾不應只為個人仇恨，而傷害選手，判定……」

「啊？」章魚還沒搞懂整個情況，他的左手就突然一沉。

「判定，廢去左手。」

這秒鐘，章魚的左手已經被石像的手抓住。

「罪犯逮捕。」

「等等！」章魚急著尖叫，剩下的七隻手，同時擊向這尊石像，只聽到一陣宛如砲彈轟炸的亂響。

但亂響過後，拳頭底下的石像卻毫髮無傷，只是緩緩吐出四個字。

「執行開始。」

「不要啊！」

下一秒，只見現場所有的觀眾，有一半因為驚恐而閉上了眼睛，而有另一半，卻因為嗜血而睜大眼睛。

章魚的左手，就這樣，在沒有任何麻醉，沒有任何切割之下，硬生生的被這尊石像給扯了下來。

先是扯斷皮膚，扯斷肌肉，扯斷血管，最後連骨頭都用扯的，一口氣扯斷。

彷彿一個結構複雜的人類身體，對這座石像來說，就像是一張撕了就破的薄紙。

章魚斷手處的血往四方亂噴，他痛得跪在地上，不斷抽搐。

「滾。」石像轉身。

海幫幫眾見狀，急忙蜂擁而上，將他們的小組長扛下了戰鬥台，而章魚則不改兇狠本性，他伸出僅存的右手，指著柏。

「你死定了，記住，你死定了，」渾身是血的章魚，惡狠狠的說，「等你打完比賽，我一定要把你做成生魚片，一片一片的切下來！」

而章魚被送離巴別塔的同時，更有幫眾拿起了電話，「章魚哥說，能找多少人就找多少人！」「要堵人，沒錯！」「也讓龍池大哥知道……」

石像則不管海幫幫眾憤怒的挑釁，他只是伸出石頭右手，朝著所有觀眾。

「吾乃黑暗巴別塔的執法者，石之八座。」石像聲音低沉卻充滿力量，「我正式宣佈，比賽開始。」

宣佈完比賽開始，石之八座緩緩步下戰鬥台，那看似沒有半點生氣的石眼睛，朝觀眾席掃了一圈。

他發現自己的殺氣，竟然異常的升高，甚至降不下來。

因為就在章魚抓住柏的那一剎那，他發現觀眾席上，至少升起了三股殺氣。
其中更有危險等級六以上的超可怕殺氣。
若不是他出手，章魚現在恐怕不只少了一隻左手，大概會變成一攤肉末吧。
而這些外來的殺氣，宛如利刃般，正不斷刺激著他的戰鬥本能，讓他的殺氣降不下來。
「今晚的比賽，」石之八座聲音凝重，「必須要徹底執法。」

「比賽開始！」
率先衝出去的，是忍耐人。
在群眾的歡呼聲中，忍耐人揮出了第一拳，拳很重，但是沒有打中任何目標。
因為柏避開了。
「好一個躲避人啊。」廣播在這時吼著，「又躲了，廢物又躲了！」
忍耐人第一拳沒打中柏，馬上就付出了代價，因為柏已經欺到了忍耐人的腹部。
「中。」柏拳頭揮出，這個經過千錘百鍊的拳頭，紮實的打入了忍耐人的肚子裡面。
忍耐人的表情短暫出現痛苦，但隨即面無表情。
「不痛。」忍耐人再度揮拳，柏被迫閃開。
「拳頭真的沒用？」這一下，讓柏生出了警戒，他退到安全距離。「該怎麼辦？」

另一邊，忍耐人摸了摸肚子，身上的鋼鐵化成液態，聚集到傷口處，不到一秒就復原了。
忍耐人有著和柏一樣的困擾，「果然很會躲，該怎麼才能逮到他？」
然後，在下一秒，兩人得到了一模一樣的結論。
「只能一拳一拳打，打到他防禦崩潰為止了。」柏深吸了一口氣，腳往前踏，他出擊了。
「只能一拳一拳打，打到他被我逮住為止了。」忍耐人也吸了一口氣，腳往前一踏，他反擊了。
雙方，一個打不中，一個打不死，兩個人即將在這個戰鬥台上，寫下一場難得一見的戰鬥紀錄。

四小時，漫長的兩百四十分鐘。
雙方的打鬥，就這樣持續了兩百四十分鐘。
這兩百四十分鐘內，忍耐人的拳頭老是揮空，而柏則是不斷揍著忍耐人，但忍耐人身上的液狀鋼鐵，卻能馬上將受傷修補。
雙方的體力與集中力，都漸漸出現了疲態，而就在此刻，僵持的戰局終於發生了變化。
需要強大專注力的柏，出現了一點恍惚，也就是這點恍惚，讓他付出了慘痛的代價。
忍耐人的拳頭，逮到了柏。

「死。」忍耐人咬牙，全力揮拳，這個又重又強的拳頭，紮實的擊中了柏的臉頰。

柏的身體被這拳轟中，硬是轉了十圈才落下。

這拳一揮，原本無聊的會場，先是一陣靜默，然後同時爆出歡呼。

「忍耐人！幹得好啊！你逮到他啦！」觀眾嘶吼，「逮到躲避人！」

只是忍耐人在這秒，卻沒有高興起來，因為他赫然發現，柏竟然在被擊中的時候，也順手回打了自己腹部一拳。

這拳很特別，忍耐人發現，他不只是疼痛而已，身上的液態鋼鐵速度也變慢了，甚至沒有聚到傷口處。

復原能力失效了？

他的復原能力，也到極限了？

「四千九百九十八。」柏單手撐地，一手抹著嘴角的鮮血，嘴角慢慢揚起。「果然，五千下是勝負的分水嶺。」

忍耐人看著自己的腹部，失去了鋼鐵復原力，頂多再兩拳，自己的肚子就會被打穿。

忽然，他笑了，仰頭大笑。

「躲避人，其實你一點都不弱啊。」忍耐人笑，「我打了這麼多場，從來沒有一個人那麼有毅力，可以打同一個地方五千拳的。」

「你還不是一樣？」柏發現自己有點欣賞眼前這個對手。「你不會受傷，但還是會痛，我沒見過一個人可以耐痛到這種程度的。」

「我欣賞你，但我必須說，我想贏。」忍耐人看著柏，語氣堅定，「我有非贏不可的理由。」

「真巧，」柏慢慢起身，「我也是。」

「我的拳頭很重，你沒有我的防禦能力，再打兩拳，你就會死，你知道嗎？」

「你的防禦也快被我敲開了。」柏穩穩的回看著忍耐人。「再打下去，你也會死，你知道嗎？」

「我知道。」忍耐人笑，「但我想打。」

「真巧，」柏也笑了，「因為我也是。」

兩人同時大笑，彷彿相交十年的老友，正在把酒言歡。

只是笑聲尚未結束，突然，雙方都一起動了。

忍耐人使勁揮出拳頭，但他發現，這次柏沒有躲。

因為柏已經沒辦法躲了，感受風的流向需要超高度集中力，四個小時下來，不斷累積的疲倦，已經讓柏失去了感受風的能力。

所以，柏中拳了。

他被忍耐人又重又猛的拳頭，再度打中臉頰，飛過了半個戰鬥台，直接摔在地上。

廣播大吼著，「躲避人二次中拳！第二次中拳！躲避人的躲避神功失效了嗎？」

「失效！失效！失效！」觀眾吼著，他們要看到戰鬥結束，他們要看到躲避人輸，輸得腦袋爆裂。

但是，忍耐人卻一點都高興不起來，他正低著頭，看著自己腹部的傷口。

一個拳印。

又一個新的拳印？

「四千九百九十九。」柏搖搖晃晃起身，只是忍耐人的兩拳，就讓柏的臉完全腫起來。

真的再一拳，柏就會死。

但同樣的，只要忍耐人再中一拳，忍耐人也會死。

「你竟然一拳換一拳？」忍耐人狂吼，「最後一拳是我的，我一定要贏，我要買下寶物，救茜茜的命啊。」

說完，忍耐人往前衝，不顧一切的往前衝。

他每往前踩一步，記憶中未婚妻茜茜的回憶，就浮現了一點。

曾經去南海濱的三天兩夜，夕陽下溫熱潮溼的親吻。

曾經在下雨的時候去高山牧場，大雨之中他們在傘下，跳跳笑笑，溫暖的擁抱。

海島上，在兩棵棕櫚樹和數十隻海鷗的見證下，他拿出了用三個月存下的錢買的結婚戒指。

茜茜笑了，也哭了。

然後他掉入了鐵爐中，高熱與劇痛中，他奮力的游著，甚至抓到了爐邊。

他的身體已經百分之百灼傷，這秒鐘，他抬頭，除了看到慌亂奔跑的同事，他還看到了自己腦海中，茜茜哭泣的臉。

忍耐人，把所有回憶化成力量，全部擰在掌心，這一刻，他知道，他將打出生命中最強的一擊。

柏搖搖晃晃起身。

他看見忍耐人衝了過來。

他也將所有的力量都放在拳頭上，他想到的是小靜，還有一個他不確定是誰的女子身影。

小靜，這女孩真是太倒楣了，明明只是愛唱歌而已，怎麼會擁有連十四主星都會害怕的能力？

自己不保護她，還有誰能保護她？

而那個女子的身影，則讓此刻精疲力竭、意識迷糊的柏，感到一股濃濃的懷念。

為了她，柏也想活下去。

所以柏也往前衝了。

所有的力量，都在拳心中凝結，他要和忍耐人正面對決。

誰活，誰死，都在這一拳了。

觀眾席上。

「決勝負了。」天馬早就認出了柏，他低語。

「對啊，決勝負了。」天姚微笑，「這比賽看似無聊，但其實很精采啊。」

「你覺得誰會贏？」天馬雙手十指交叉，注視著戰鬥台。

「論力量，我覺得是躲避人，他潛力很夠。」天姚是戰鬥行家，「但決勝一拳，力量只是其次。」

「那？」

「論拳頭的重量，」天姚一笑，「忍耐人似乎更重一點。」

「決勝負了。」

小英發現自己的手心溼漉漉的，一看掌心，竟微微出汗。

「決勝負了。」海幫幫眾一起吶喊。

「不只是龍池老大已經在路上，」章魚的血已經止了，他躺在椅子上，呼呼喘氣。「超過四百名幫眾也已經把所有入口堵住，戰鬥結束，一聲令下，就要把那傢伙分屍。」

「決勝負了。」

阿歲發現，自己第一次那麼緊張，忍耐人比他想像中的還要強啊。

「決勝負了。」

女鬼卒閉上眼睛，這幾年來，她連自己都不懂，為什麼要幫這個傻男人。

但此刻的她，不想管誰贏，她只希望忍耐人能平安走下戰鬥台。

「決勝負了。」

攀鞍星吃著血淋淋的熱狗，他也是有星格的人。「我覺得，躲避人會輸欸。」

「不會的。」

鈴用吸管攪拌著飲料杯，露出了狡猾且豔麗的微笑。

「因為躲避人有我，他不會輸的。」

說完，鈴拿起了吸管，放在塗著透明晶亮口紅的唇邊，輕輕一吹。

一珠綠色的液體，就這樣悄悄的，飛過了半個觀眾席，飛到了戰鬥台上。

然後，這一滴液體以完美無瑕的角度和速度，恰巧落在柏與忍耐人的中間。

最後，剛好在柏的拳頭之前，以和拳頭完全相同的速度，持續飛行著。

「吼。」柏嘶吼著往前衝，他發現自己的拳頭前面，多了一滴晶瑩剔透的綠色水珠。

在這個極速的世界裡面，水珠的速度與自己的拳頭速度剛好平行，就在他拳頭的前面飛著。

「靠……邊站。」柏吃驚，不只是這水珠超級精密的動作，更重要的是，他已經無法阻止自己的動作了。

而忍耐人的拳頭，也已經來了。

下一剎那，兩人交鋒。

決勝負了。

6.4 綠色的雨

勝負瞬間過了。

柏發現，周圍很安靜。

安靜到超乎想像。

是他倒下了嗎？

不，柏是站著的，而且是戰鬥台上唯一一個站著的人。

倒在他旁邊的，正是那個與自己纏鬥許久的忍耐人。

但柏感到不對勁，因為明明是他先挨中忍耐人的拳頭，但為什麼最後倒下的反而是忍耐人？

柏仔細看向忍耐人，忍耐人腹部的傷口破了，他堪稱最強防禦的傷口破了。

但傷口周圍為什麼流著綠色血液？

難道是那滴來歷不明的綠色水珠？

「不對！不對！」柏怒吼，聲嘶力竭的怒吼，他跪在忍耐人旁邊，雙手用力的搥著地板。

「你沒有輸，你給我起來啊。」

而就在柏怒吼的同時，石之八座也出動了。

他以驚人的高速，往觀眾席一躍而上，轟然一聲巨響，雙腳重重落在一名女觀眾的面前。

「嘻，找我有事嗎？」女觀眾抬頭，以吸管攪拌著自己的飲料。

「妳，違反黑暗巴別塔第二十四條，殺害選手，判定……」石之八座伸出了石手，「廢去左手。」

「你搞錯了吧。」女觀眾不是別人，正是鈴，最擅使毒的甲級星。她微微一笑。「我不是傷害選手喔。」

「逮捕嫌犯。」石之八座的手已經抓住鈴的左手。

「就說你搞錯了啦，我不是傷害選手。」只見鈴用右手，慢條斯理的把吸管放下，然後舉起杯子。

「執行判決。」石之八座的手正要用力，他要像對付章魚一樣，將鈴的左手整個撕下來。

「嘻，我傷害的，**是整個會場所有的觀眾啊**。」鈴笑著，右手一甩，將杯子使勁往上扔去。

這一扔，裡頭的綠色液體，竟化成點點綠珠，從杯中飛灑而出。

綠珠，宛如一張密密麻麻的大網，朝著整個會場罩了下來。

鈴的毒，這個堪稱陰界最會製毒的女子，她的毒來了。

整個會場的魂魄，真的全部都會死啊。

戰鬥台上，柏雙膝跪在忍耐人的面前，發出憤怒的狂吼。

「給我起來，你沒有輸，這不是一場光明的對決啊。」柏憤怒的雙手搥地，每搥一下，戰鬥台都隨之震動。

這時，女鬼卒已經跳上了戰鬥台，她似乎懂一點基礎醫術，只見她看了看忍耐人的傷口，又摸了摸脈搏。

隨即，她露出驚駭的表情。

「這毒……好猛好烈！」她吃驚的說，「而且，直接打入傷口中，他……好危險。」

「危險？」柏憤怒得全身都要燃燒起來，「給我起來，在黑暗巴別塔打了這麼多場，這是最開心的一場啊，怎麼可以有這種亂七八糟的結果。」

「嗯，幾乎等於沒救了。」女鬼卒一咬牙，只見她手上泛著幽幽黑光，蓋住了忍耐人的全身。

這是她的技?朦朧得看不清楚，只見一道黑光罩住忍耐人，忍耐人在這片黑光下，微微動了一下，卻又昏迷過去。

「妳在做什麼？」柏忍不住問。

「我的技不是醫術，所以只能靠道行壓制傷勢。」女鬼卒一反向來冷漠的表情，露出罕見的恐慌。「傳說中醫術最精的是天機星吳用，與息神星周娘，但這兩人極難請到，更何況遠水救不了近火……」

「混蛋。」柏咬著牙。「真的沒救？」

「嗯，而且，這是我第一次看到他……打完一場仗之後，臉上還掛著笑。」女鬼卒輕嘆了一口長氣，「他一定也很喜歡這場戰鬥吧？」

「嗯。」柏看著忍耐人腹部的傷口，泛著陣陣的綠氣，連完全不懂毒的他，都可以感覺出，這毒究竟有多麼的強。

綠毒沒有暴散開來，全仗黑光與之抗衡，但柏也知道，黑光只是壓抑，並未解決毒的問題。

毒性全面潰散，是遲早的事情了。

「唉，小忍，你的夢想我會幫你完成，我會湊到最後的錢，買下最好的治療系寶物，讓你的茜茜平安到陰界，不至於魂飛魄散。」女鬼卒低著頭，她的眼淚在眼眶中打轉著。

此刻的女鬼卒，終於知道了自己的情感。

原來自己早就不是在玩了，她早已被這個癡情憨厚的傻男人給吸引。

「不准。」柏低聲吐出這兩個字，更帶著令人震懾的威嚴。

「不准？啊？」女鬼卒一愣。

「夢想這種東西，怎麼可以拜託其他人完成？」柏大吼，「開什麼玩笑！」

柏一吼，腦海中奇怪的浮現了一個高挑女孩的影像，這句話，是不是她曾對自己說過？

「可是……」女鬼卒看著柏，感到心臟猛然一跳。

這看起來不怎麼強的躲避人，剛才那一吼，氣勢之強，竟直接震撼到了她的靈魂。

能擁有這種氣勢的人，女鬼卒只遇過幾個，其中一個就是自己的父親。

但是……女鬼卒詫異的是，她父親可是危險等級高達九的高手啊。

剛剛柏的一吼，是偶然？還是潛力？

「我們陽世要是有人中毒了，就這樣處理！」柏沒管女鬼卒心裡正想著什麼事，只見他蹲下，用力吸了一口氣，就朝著忍耐人的腹部吸去。

「啊！」女鬼卒低呼，「傻瓜，你也會跟著中毒的啊！」

不顧女鬼卒的驚呼，柏吸了一大口綠色的血，轉頭吐掉，再吸一大口，再吐掉，再吸一大口，然後再吐掉，轉眼間，忍耐人腹部的綠色傷口顏色轉淡。

看著柏這個動作，女鬼卒驚呆了。

不只是女鬼卒，連一旁的阿歲都嚇傻了。

「你瘋了嗎！柏！」阿歲衝上來要抱住柏，「這毒這樣厲害，你一吸，不就跟著中毒？」

「這是我們陽世的方法。」柏咬著牙，他此刻的心情，就像當年硬救下小狂一樣。

就算犧牲自己，也要救朋友。

而這個忍耐人，在與柏經歷了慘烈的四小時戰鬥後，早就被柏認定為「朋友」了。

「但你死了，他也死了，這有什麼意義？」阿歲阻止發狂的柏，「你……咦？」

這聲咦來得突然，因為阿歲發現了一件怪事。

忍耐人的周圍，好像有點怪怪的。

「忍耐人的身上，那是什麼？」阿歲低語。

「欸？」

所有人的目光都集中到了忍耐人身上，果然發現，忍耐人的身體發生了變化。

液態鐵在動。

鐵從四面八方不斷的湧了出來，越湧越多，朝著一個共同的目標前進，那就是腹部的傷口。

「為什麼？」女鬼卒驚喜，「這是怎麼回事啊？」

「而鐵的樣子也不一樣了。」阿歲補充，「變得好多，好多啊。」

沒錯，液態鐵越來越多，不只是掩蓋住了忍耐人的傷口，更進一步淹沒了他的身體，慢慢形成一個能包住全身的方形大鐵塊。

「我不知道發生了什麼事？」女鬼卒抬起頭，看著柏。「但一定與你吸了傷口有關。」

「呃？」柏傻了一下。「所以是陽世的方法比較好？其實，這是野外遇到蛇毒的方法。」

「你的能量，透過憤怒與唾液，傳到了忍耐人的體內，一口氣提升了他的技。」女鬼卒睜大了眼睛，她深邃的眼中充滿著懷疑。「那現在問題是……你是誰？」

「什麼……我是誰？」

「為什麼你有這麼驚人的能量潛能？為什麼你可以憑藉一吼而震撼靈魂？」女鬼卒眼睛直直的看著柏。「這種瞬間爆發驚人能量的力量，只有十四主星等級的高手，才會出現啊！」

「啊？」

「難道……」女鬼卒感到背脊微微發涼，因為「易主時間」要到了，所以十四個和天同、父親相同等級的高手，都會回到陰界。

眼前這個躲避人，就是其中一個嗎？

那柏是誰？女鬼卒心裡震撼，扣掉檯面上已經露臉的主星，選擇已經剩下一半。

「難道……你是武曲？」女鬼卒首先想到的，是最近政府內部暗中頒布的追殺令。「但武曲之前是女生，性別在進入陽世之後，轉換了嗎？」

「武曲？」這下子，換柏愣住了。

他又聽到這個名字了，上次在「巫婆的魔術湯」裡，他知道這個名字和自己有關，難道自己真的是武曲？

自己真的是十四主星之一的武曲？

「吼。」柏忽然放聲狂吼，雙手抱住自己的頭。

他到底是誰？此刻，當他的吼聲傳遍了整個會場，但會場的觀眾卻無心注意他的怒吼。

因為，天空下雨了。

綠色的雨，悄悄的落下了。

戰鬥台上，所有人都仰頭，看見了在天花板的燈光照映中，一大片雨珠反射著燈光，緩緩墜下。

「綠色的雨珠？」女鬼卒感到困惑，今天晚上到底怎麼了？會場怎麼會下雨？

「快找地方遮蔽！」柏也看到了雨珠，他先是一愣，馬上發出聲嘶力竭的大喊。「別碰到雨珠！」

「啊？」

「這綠色雨珠，就是毒死忍耐人的東西啊。」

第一滴雨滴，落到了第一個觀眾的肩膀上。

只見，他只是轉頭看著肩膀，咦了一聲。

然後下一秒，他的臉色陡然轉綠，用力搖了兩下頭。

「嗯，陌生的朋友，我有件事想和你說。」他拍了拍旁邊的觀眾。

「嗯？」旁邊的人皺眉轉頭，「幹嘛？」

「我好像快爆炸了。」說完，那觀眾就爆炸了。

這爆炸化成一大攤染毒的血，潑到了附近十公尺內的所有人。

而那句「我好像快爆炸了」，竟變成了觀眾的遺言。

接著，周圍所有被毒血碰到的人，也開始臉色轉綠，用力搖頭。

第二次爆炸發生了，屍骨無存的爆炸。

短短的數分鐘內，會場不斷出現爆炸的觀眾，而且以驚人的速度擴散。

雨還在下，人肉炸彈則不斷擴張，整個會場在此刻宛如十八層地獄，到處都是逃竄與哀號的人們。

焦點，轉回這一切的始作俑者，鈴身上。

石之八座渾身是石頭，所以無懼鈴的毒，他昂然抓住鈴的左手。

「能把毒用得如此出神入化？妳是危險等級六＋的鈴星？」

「見識不錯。」鈴微笑，「果然是在黑暗巴別塔管事的。」

「妳為什麼要這樣做？」石之八座怒極，「為什麼？」

「我鈴做事，像是我調毒一樣，通常都很難預測。你問我為什麼這樣做？我很難回答欸。」鈴歪著頭想了一下，「不過，若要我硬說個理由也是可以，和你有關啦。」

「我？」

「石之八座，這尊石像不是你的真身吧？這只是你的技吧？」鈴微微一笑，「我的毒傷不了你的石像，又不知道你的真身在哪，只好把毒全部都撒開了。」

「妳！」石之八座渾身顫抖，「妳！」

「若你不攻擊我，我是不會撒毒的。」鈴微微一笑，「你現在應該會害怕吧，毒再擴散下去，連你的真身都有危險啊。」

「吼。」石之八座狂吼，同時他不再拖延，握住鈴的手猛一用力，他要把鈴的手扯下來。

「行刑！」

「傻瓜，行刑這種事是不能等的。」鈴甜甜一笑。「現在太晚囉。」

果然，石之八座的手雖然用力一扯，卻沒扯下鈴的手，鈴的手彷彿脫皮般，讓石之八座只扯下了一層皮而已。

「這是？」石之八座詫異的看著自己的手心，那是宛如蛇皮的一層透明物體。

「這是我用毒在皮膚上做出來的皮，還好你沒立刻行刑，不然我還沒時間讓毒在我手上擴散哩。」鈴還是一副高雅的微笑。「這故事告訴我們，做什麼事都要趁早喔。」

「妳！」

「別再妳啦妳的了，接下來，你該擔心自己的真身了。」

石之八座雖怒，但他的身體卻開始淡化，沒錯，這表示真身恐怕已經有危險了。

「妳惹上了黑暗巴別塔，就等於惹上了政府，妳死定了。」石之八座在消失前，怒言恐嚇。

「笑話，『易主』就要到了，整個陰界的勢力要大洗牌了。」鈴眼神透著銳利，「你以為你們政府可以再囂張多久？」

「吼！」石之八座狂吼一聲，終於，整個人消失。

他被召回去了，因為真身已經危險。

而整個會場在這個時候，也混亂到了極致，到處都是瘋狂想要往外逃的觀眾，到處都是慘嚎後爆炸的群眾。

鈴優雅起身，將眼神投在她最關心的戰鬥台上。

柏呢？破軍星呢？

然後，她看見了破軍正低頭吸著忍耐人的血。

「好傻喔你。」鈴到此刻，首次出現懊惱的神情，用力踩了一下地板。「我的毒調過，不會傷到你，但你這樣做，會莫名其妙幫忍耐人也一起變強欸。」

會場上，到處飄散著鈴的毒。

但仍有幾批人，毫髮無傷的坐在座位上，他們是一群有星格和道行的人。

鈴的毒雖強，但透過這樣大規模撒落，基本上已經不夠純淨，所以只要具有一定程度道行的人，都可以抵禦。

其中一個，就是坐在前排的學生女孩，小英。

她穩穩的坐著，不斷運轉道行，藉由運轉道行讓身體溫度升高，所以飄散的毒珠還沒碰到她，就被她周圍的高溫所蒸發。
遠遠望去，小英身外彷彿出現一頂圓形白色的防護罩，所有的毒珠都在碰到防護罩後，化成冉冉蒸汽。
她到底是誰？竟有足以力抗鈴毒的道行。
只見她依然托著下巴。
「看樣子，我下次的對手會是躲避人。」小英撥了撥頭髮，「嗯，很令人期待。」

其中一組，則是天馬與天姚，天姚在揮拳，宛如趕蒼蠅似的，輕鬆的揮著拳頭。
但每一揮拳，她虎拳的氣勁，就足以驅逐周圍五公尺內所有的毒珠。
「我說，這就是陰界好玩的地方。」天姚笑著搖頭。
「怎麼說？」天馬問。
「因為你永遠不知道，接下來會發生什麼事？」天姚微笑。「你看，我們不過來看一場比賽而已，就搞到變成全場殺戮。」
「呵。」天馬專注的看著柏，此刻的他，眼神中是友善的。
畢竟，柏曾經在紅樓初選之中，救過天馬一命。
「不過，有點奇怪。」天姚說。

「哪裡奇怪？」

「那討厭的龜殼不見了。」天姚再揮了一拳，又是一大片毒珠被往後掃開。「他不會遜到被毒死了吧？」

「嗯。」天馬眉頭一皺，眼神轉向戰鬥台，然後，他發現了天貴星。

龜男不知道何時，竟已經潛到了戰鬥台之上。

而且，就在柏的身後，龜男悄悄舉起了他的棍子。

戰鬥台上。

「柏啊，又要我來照顧你們了。」阿歲嘆了一口氣，手一揮，他的技出現了。「先說好，這些都是要收費的喔。」

蚊子。

一大群蚊子，在阿歲的召喚下，包圍了眾人。

當雨珠噴來，三四隻蚊子立刻撲上，以牠們的口器吸住雨珠，直到完全吸淨。

一吸完成，蚊子立刻中毒落地，撒手蚊寰，但另一批蚊子立刻補上缺口。

蚊子的動作極快，所以雨珠雖密，但都落不到柏等人的身上。

「我們得快點離開。」阿歲抓起柏的手臂，「我怕再待下去，爆發大規模戰役，我們就難全身而退了。」

「嗯。」柏點頭，他低下身子，就要把忍耐人的鐵塊整個扛起。

但就在這一剎那，他感到後腦有一陣風。

這風來得又快又急，更帶著想要致他於死的殺氣。

「糟糕。」柏急轉頭，他看見了一個讓他恨得牙癢癢的男人，龜男。

「先把你的腦袋打破，再來慢慢拷問你寶物在哪？」龜男冷笑，手上的棍子不停，朝著柏的腦門砸了下去。

「可惡。」不說此刻的柏已身受重傷，就算是沒受傷的柏，也躲不開天貴星這具有道行的一砸。

而阿歲的蚊子正專心對付雨珠，女鬼卒更未必有能力對付龜男。

柏只能眼睜睜的看著那棍子，離自己的腦門越來越近，越來越近……

近到只有一公分，卻硬生生停下。

阻止它的，是一道像迴旋刃般的腿勁。

「腿勁？」柏一愣，隨即笑了，因為這已經不是他第一次被腿勁的主人所救了。「天馬！」

「第二次了。」天馬出現得驚險，他先從遠方掃出一道腿勁，再踏著腿勁而來，這表示短短的日子以來，他進步神速。「倒換你欠我一次了。」

「嘿，一定還。」柏笑。

「快走吧。」天馬姿態優美的躍到了龜男之前，「我來阻他。」

「又是你，又是你，怎麼又是你！」龜男氣得全身發抖。「上次也是你！」

「有種你去和邪命報告啊。」天馬微微一笑，「因為你心虛，所以你只能一直被我阻止了。」

「吼。」龜男一聽，氣得抓狂，手上的棍子砸了出去。

天馬再度伸出腿，完美的掃掉他的棍子，同時朝著柏低吼，「快走吧，別讓我分心了，下次找你喝啤酒。」

「沒問題。」柏一笑，扛起忍耐人的鐵塊，與阿歲和女鬼卒，朝著會場外面衝出去。

看著柏離開，天馬穩如泰山般站定。

經過數個月戰鬥的他，不僅找回了技，更找回了自己的實力。

現在的他，戰鬥力已經完全不在天貴星之下了。

柏等人一路衝過許多正在爆炸的觀眾，全靠阿歲的蚊子專門吸走毒珠，才能一路狂奔。

只是才衝到會場的一半，柏的雙腳就突然停住。

「瘋狗浪。」柏吐出了這幾個字。

「咦？」阿歲一呆。

「瘋狗浪來了。」柏皺眉，手指前方，只見一個男人，正踏著大步，朝著他們狂奔而來。

這男人渾身氣勢狂暴，宛如平靜的海面突然升起一股二十層樓高，毀滅萬物生靈的「瘋狗浪」。

「這是海幫的……龍池？」阿歲咬牙，「連他都來了？」

「可惡，你們不只偷了我們的消息，更害我三十餘名幫眾被毒死，我饒不了你們吼。」龍池大步狂奔。

而他的背後，隱然出現一條巨大殺人鯨的形體。

在殺人鯨形成的殺氣保護下，毒珠近不了他的身，全部往外彈。

柏苦笑，龍池夠強，現場四人就算毫髮無傷，也不是這個海幫幫主的對手，更何況是傷痕累累的現在？

「不要亂怪罪啊，毒死你幫眾的人又不是我們。」阿歲大叫，「我們也還沒把消息賣給陰界週刊啊。」

龍池哪裡管得了那麼多，他高大的身軀已經逼近了柏，拳頭高舉，就要砸到了柏的臉上。

柏沒有動，他不動的原因有二，一是他根本無法避，第二則是……

他知道第二股風來了，驚險的擦過後腦與肩膀，那是一枚如砲彈般的拳頭，直接頂上龍池的拳頭。

「小子，天馬沒看錯你，還知道不能躲啊。」第二顆拳頭的主人，是一個低沉的女音。「你的頭要是偏了一公分，粉碎的就是你的腦袋了。」

談笑間，拳頭對上了拳頭，砰的一聲，發出宛如兩台卡車互撞的爆聲。

旗鼓相當，兩顆拳頭的主人彼此退了一步。

「虎拳？」龍池面色猙獰，「妳是紅樓的天姚？」

「龍拳？」天姚收拳，吸了一口氣，「你是海幫的龍池？」

「很好，妳要插手這件事？」龍池收起怒氣，改以莊嚴的武者姿態面對天姚，因為他知道天姚與他相同，是四大拳法的傳人，是一個足以匹敵的對手。

「這個人是我朋友的朋友。」天姚也擺出拳法架式，「加上這人現在身受重傷，你現在殺他勝之不武，有辱我們四大拳法的宗旨。」

「我再問妳一次，妳要插手？」

「是。」

「那太好了，我就用龍拳再次證明，我們是四大拳法之首。」龍池的右拳握緊，氣勢如海浪湧來。

「當年虎拳可沒輸給你們龍拳。」天姚也回應了龍池的氣勢，蹲踞如山中猛虎。「那只是你們先學了龍拳，排在前面當師兄而已。」

「那，就在這裡分出高下吧。」龍池往前踩了一步，就只是一步，卻像是一整排足以吞噬大地的海嘯，朝著天姚直蓋下來。

但天姚也回拳了。

這是山的氣勢，是那種夾帶天地憤怒的走山，迎向海嘯。

這一下交手，讓一旁的柏完全看傻了。

「幹嘛，走了啦。」阿歲再度扯了一下柏的手臂。

「好強。」柏深吸了一口氣，隨著他自己不斷的鍛鍊，他才懂得，原來陰界的強者這麼厲害。

「管他們強不強，我們得快點走。」阿歲又拉了一下柏。

「嗯，救忍耐人重要。」柏轉身，將鐵塊扛在肩上，大步朝門口邁進。

只是，當柏他們終於要離開之際，這次卻換阿歲的身軀猛然一顫。

「怎麼了？怎麼換你了？」柏驚訝回頭，看著這個老是吊兒郎當，對世界不甚關心的經紀人，阿歲。

他竟然滿臉驚恐，緊緊拉住柏與女鬼卒，呼吸粗重。

「別動。」阿歲喘著氣，「現在的我們，都別動。」

「為什麼？」

「因為他來了。」

「他？」

「黑暗巴別塔中的王。」阿歲閉上了眼，「那個曾經以一拳擊敗我的男人。」

6.5 巴別塔的王

王者降臨。

黑暗巴別塔的王，火星鬥王，終於降臨。

他踏著火焰而來，這一秒，所有的團隊混戰都停止。

天馬與龜男，龍池或天姚都同時退了一步，他們並不是不想打，而是鬥王的壓力讓他們無法動作。

鬥王踏著沉重的步伐，走向了鈴。

當鬥王停在鈴面前的一瞬間，所有人都感覺到溫度升高了。

一股強大無比的熱浪，一瞬間席捲了整個會場。

「剛剛發生了什麼事？」一陣幾乎令阿歲暈眩的熱浪過後，他抬起頭，赫然發現，眼前的情景變了。

不斷飄落的綠色毒珠，不見了。

那一瞬間的高溫，竟把空氣中的毒珠一口氣完全蒸發，輕易的破了鈴的毒陣。

單憑一股熱浪，就化去了鈴的毒，火星鬥王果然不是等閒之輩，只見他低下頭，看著正坐在椅子上的絕世美女，鈴。

「妳這次太過火了。」鬥王眉目深刻，宛如以斧頭鑿成，剛硬中帶著一股帥氣，瞪著鈴。

「嗯。」鈴別過頭，她的表情不是害怕，而是任性。

「我說，妳這次太過火了。」鬥王再次重複，「妹妹。」

妹妹？鈴竟然是鬥王的妹妹？

「哥。」鈴抬起頭，看著這個高大強壯的巴別塔首席鬥者，她用力跺腳，「是你們先欺負我的啦，那個石頭像啊，他要拔我的手啊。」

「妳說石之八座？哼，他的為人和實力我清楚。」鬥王霸氣濃烈，直壓住鈴。「他不會無故找妳麻煩，若真要拔妳手，妳有一千種方法可以逃脫。」

「哪有，哥，你都亂講，都不幫妹妹。」鈴的語氣又是任性又是撒嬌。「老是幫外人。」

「我是就事論事。」鬥王看著鈴，「告訴我，妳為什麼要毒殺觀眾？」

「因為我討厭這裡。」

「討厭？」

「我討厭黑暗巴別塔，這些只愛看別人打架的混蛋，更討厭這裡是政府用來掩蓋一切的舞台，更討厭的是……我的哥哥竟然在這裡。」鈴越說越急。「哥，外頭的世界有黑幫，易主時刻就快到了，你很厲害，可以大展身手，為什麼一定要在這裡？」

「妹妹……妳！」鬥王看著眼前的鈴，眼神由憤怒慢慢轉為溫柔。「有些事，妳不懂。」

「什麼我不懂？」鈴拉住了鬥王的手，著急的說。「十四主星即將現身，整個陰界就要進入群雄割據的大時代，哥哥，你不會只想躲在這個小小的塔裡面吧？哥哥，你不會這樣糟蹋自己吧？你是號稱可以擊敗特級星的甲級星啊。」

「唉，」鬥王嘆了一口氣，伸手摸了摸鈴的頭，「哥哥現在沒辦法走，妳就別說了。」

「哥哥，你不要糟蹋自己好不好？你真的很強！」

「鈴，哥不能走。」鬥王到此刻，終於懂了鈴在這裡下毒害人的用心良苦，她是要逼出鬥王來啊！「但哥答應妳一件事。」

「什麼事？」

只是，自己這個妹妹實在太任性妄為，竟然以這麼多的魂魄性命，來達到自己的目的。

「我不會糟蹋自己。」鬥王語氣放低，但其中的心意卻堅定如鐵。「我不會。」

「嗯。」

「有一天，妳會明白。」鬥王把嘴靠在鈴的耳邊，嘆氣。「哥哥留在這裡的原因。」

「哥……」鈴低下頭，她知道自己失敗了，她無法讓哥哥離開這裡。

說完，鬥王起身，火紅色的披風一捲，就背對著鈴離去。

他手一擺，快速的下了指示。

「石之八座，在嗎？」

那尊石像，突然出現在鬥王的後方，單膝跪地。

「報告老大，在。」

「把這裡的屍體收拾一下，需要撫恤的就從優撫恤，沒死的就想辦法救活。」鬥王繼續往前走著。

「遵命，老大。」

「然後，」鬥王轉過頭，看向依然坐在位子上，美麗而喪氣的鈴，「就說，兇手是一名男性，下手後就逃了，我們將會全力緝捕。」

「是。」石之八座完全不猶豫，直接回答。

「最後一件事。」鬥王這句話，是對著整個會場說的，只聽他緩緩吸了一口氣，「各位朋友……」

「嗯？」柏、阿葳、女鬼卒、龍池、天姚、天馬、龜男，以及小英，所有人都同時看向鬥王。

鬥王吸了一口氣，突然大喝。

「這裡的事，誰敢說出去，我就會來取誰的頭顱，沒問題吧！」

這一喝，伴隨著迎面而來的一股熱浪，讓人全身一震。

就算是龍池與天姚這種等級的高手，都因為這句話而被震懾。

他們知道，鬥王說話算話，而且以他的實力，若真要拿下你的頭，恐怕你睡不過這個晚上。

由於鬥王親自出手，這樁可能是黑暗巴別塔有史以來最慘烈的觀眾屠殺事件，就這樣悄悄的劃下了尾聲。

當晚，黑暗巴別塔附近的牛肉麵店裡，柏、阿歲、女鬼卒，以及忍耐人的鐵塊，正聚在一起。

「你說，這鐵塊裡面是一個魂魄？」牛肉麵老闆娘看著這鐵塊，吃驚的問。

「是啊。」阿歲苦惱著，「可是第一次聽說有這樣的事。」

「鐵塊是他本身的技，如今他用技把身體包圍，就像是小雞回到蛋中，重新醞釀能量，也許不是壞事，只是……」老闆娘摸著鐵塊，「就怕他無法自己破殼而出，那就危險了。」

「原來有危險性。」柏擔心的問，「那我們該如何是好？」

老闆娘摸著鐵塊，搖了搖頭。「太難了，這又不是一般的病，既不是能量過弱，也不是怨念造成的病，找醫生大概也沒用。」

「是嗎？」柏看著鐵塊，「可是我想救活他，我還欠他一場公平的打鬥。」

老闆娘只是搖頭，但就在這時候，始終沉默的女鬼卒卻開口了。

「有，我知道有人有辦法。」

「欸？」

「在陰界，曾有兩大醫術好手，第一名首推無所不知的天機星吳用，吳用身在政府，為人雖然瘋癲，但上知天文下知地理，所以下藥極準，加上一身深厚道行，往往藥到病除，被喻為陰界第一神醫。」女鬼卒滔滔不絕的說著，眼睛看向了老闆娘。

「吳用？」阿歲輕輕一哼，「他是六王魂之一，我們要見他，可能還要打進政府哩。」

「沒錯，但吳用卻曾說過，論藥理他也許第一，可民間還有一人卻也讓他佩服，這人善用針灸之術，懂得道行在魂魄體內的流轉走向。」女鬼卒慢慢的說著，眼神始終不離老闆娘，「而那人被喻為陰界第二神醫，人稱息神周娘。」

「喔？」

這秒鐘，柏發現，阿歲與老闆娘的臉色都微微改變了。

難道他們知道那個「息神周娘」是誰嗎？

「息神周娘數年前突然失蹤，更有人傳出她已經『封針』，不再治療。」女鬼卒看著老闆娘，越說越是咄咄逼人。「這位老闆娘，妳覺得我們若請出周娘來救忍耐人，是否有機會？」

「喔？」

「妳不是說周娘已經失蹤？」女老闆娘幽幽的說，「那要去哪找她？」

「她沒有失蹤，她只是化成另一個人躲起來了。」

「原來她在黑暗巴別塔附近開了一間牛肉麵店，過著平淡的生活，她很聰明，黑暗巴別塔如此熱鬧，誰也沒想到她會躲在這裡。」

「呵，周娘也在黑暗巴別塔附近開了牛肉麵店？」老闆娘的眼神非笑似笑，「那真巧，下次我去附近繞繞，或許會遇到她呢。」

「別裝傻了。」女鬼卒低喝，「妳就是……息神，周娘！」

女鬼卒才說到一半，忽然間，她感覺手臂上有東西。

一低頭，竟是一隻蚊子，只差零點零零幾公分，蚊子的針就要落在自己的皮膚上頭。

「別裝傻的人，應該是妳喔，天同星孟婆之下的女鬼卒，不……」能派出蚊子攻擊的，自然就是阿歲，他回瞪著女鬼卒。「我可不記得孟婆下面有這樣見識深廣的高手，所以現在換我問妳……妳是誰？」

「哼。」

「我的蚊子有麻藥，雖然不像鈴的毒這麼厲害，但要傷害妳的魂魄已經綽綽有餘，妳不說，我就命令我的蚊子叮妳。」阿歲冷笑，「快說，妳是誰？」

「這蚊子真的能傷害我？」女鬼卒輕輕一笑，那股曾經壓抑毒氣的黑光，再度出現，悄悄環繞住她的周圍。

由於在戰鬥台太過混亂，柏一直到此刻，才仔細觀察這片黑光。

這片黑光成環狀，以女鬼卒為圓心，往外擴散。

只是接近黑光而已，柏竟感到身體沉甸甸的，連呼吸都覺得困難。

而在這黑光籠罩下，那隻停在女鬼卒手臂上的蚊子，先是渾身顫抖，隨即身體忽然扁掉，血也噴了出來。

就像是被人以手掌用力壓扁似的，但重點是，並沒有人真的出手拍牠啊。

「蚊子被壓扁？所以這是一種重力？」老闆娘與阿歲互望了一眼，都在對方眼中找到了極度的恐懼。「以重力為技的高手？難道是他？」

這恐懼是柏從未見過的。他們想到了什麼，為什麼這麼害怕？

難道這個「重力」的技，讓他們想起了誰？

「這是我父親教我的技。」女鬼卒輕輕苦笑。「但我並不想以他的名號來脅迫你們，我只是想請妳幫忙，救他。」

女鬼卒比著地上的那一大塊鐵。

「請妳救他，陰界第二神醫，周娘。」女鬼卒收回了黑光，更低下頭。「我想請妳，救他。」

看著女鬼卒的請求。

阿歲與老闆娘沉默了。

若這女孩真是「他」的女兒，那他們可真是遇到大事了，因為「他」不只是強而已，他可是現在陰界權力最大的人之一。

就在這時，一旁的柏也有動作了，他拿額頭用力撞了餐桌一下。

「阿歲、老闆娘，我也想請你們幫忙救他。」柏的額頭，慢慢滲出了血。「因為，忍耐人絕對是一個好人。」

「柏。」老闆娘看了柏一眼，又看了女鬼卒一眼，最後更看了阿歲一眼。

她那徐娘半老、風韻猶存的臉龐，輕輕的嘆了一口氣。

「我不是不想救，但我已經封針了啊。」

「啊？」

「自那件事以後，」老闆娘嘆氣。「我就決定不再以針灸之術救人了啊。」

柏把額頭用力頂在桌上，此刻他的心裡浮現出了許多疑問。

令老闆娘封針的事，究竟是什麼事？

女鬼卒是誰？而她的父親又是誰？

忍耐人當真有救嗎？

還有，那個令人心頭震撼的高挑女孩的倩影，她大喊「**夢想這種東西，怎麼可以拜託其他人完成？**」的樣子，這女孩又是誰？

以及小靜，她的三十強歌唱比賽究竟如何？她又該如何逃避可能接踵而來的陰界影響？

而他自己，究竟是誰？真是十四主星之一嗎？

第七章・武曲

7.1—亂葬崗的油

亂葬崗。

對陽世的人來說，所謂的亂葬崗通常與時代的悲劇相關，一個大的悲劇時代之中，才有這樣突然發生的大量死亡；也因為得不到好的安葬，最後才以潦草沒有規則的方式，葬在一個區域。

這就叫做亂葬崗。

而往往因為悲劇時代的結束，土地上開始興建馬路、住宅，以及學校，於是亂葬崗也漸漸被人們給遺忘。

直到有天，當有人決定整頓這塊地，往下掏挖之後，才赫然發現這深埋於地底的無名骸骨群，才知道原來這裡曾是一塊「亂葬崗」。

那對陰界的人來說呢？

亂葬崗是一個同時湧現大量人口的地方，因為人口激增的數目既多且亂，所以多數陰魂沒有被政府管制，更缺乏好的資源去照顧他們，最後就演變出一個又一個骯髒且擁擠的，貧民區。

琴與小才，如今就要到一座亂葬崗，去尋找炒飯食材的第二項，橄欖油。

「為什麼橄欖油會在亂葬崗裡面啊？」

此刻的琴，坐在小才駕駛的摩托車上，正迎著風前進。

小才雖然會飛，但飛行畢竟是一種消耗能量的事情，能有車子代步，是比較輕鬆的。

「這是小傑發給我簡訊裡說的。」小才從口袋掏出了一支手機。「他說他為了找回十字幫幫眾，四處探訪，最後更意外的得知，陰界第一的橄欖油，就在亂葬崗裡面。」

「嗯。」琴坐在小才的背後，她想起了上次搭摩托車，是好久以前的事情了。大學吧？那段記憶中最輝煌的歲月。

那段玩社團，大聲唱歌，恣意享受生命熱力的大學生活。

「不過，若要進入亂葬崗，有幾件事要請琴姊注意喔。」

「嗯？什麼事？」

「亂葬崗在陰界雖是屬於貧民窟，裡面的陰魂大都貧窮且衰弱，但因為它不受政府與黑幫管制，所以很多通緝分子藏身於此。」風聲呼呼，小才的聲音也跟著大了起來。「所以千萬要保持低調，這裡很多都是亡命之徒啊。」

「臥虎藏龍啊……」琴突然想到什麼似的，抬起頭，「那武曲為什麼要特別拿亂葬崗的橄欖油呢？陰界應該還有其他的油……」

「這我就不清楚了，琴姊選的食材，也許都有她的用意吧。」小才聳肩。

迎著風，離開了深藏於小巷的非觀點，琴原本以為摩托車會往郊區開去，但意外的，小才騎著摩托車東繞西繞，卻始終在城市中心。

就在琴感到納悶的同時，眼前陡然出現了一大片正閃爍著燈光的建築群落。

這讓琴不禁一愣，這裡是亂葬崗？

「琴姊，到了喔。」小才煞住車子。

「就是這裡？」琴仰起頭，注視著建築群落最前面的巨大標誌，她嘴巴大張，「怎麼可能？」

「為什麼不可能？亂葬崗上，往往蓋著陽世的建築啊。」小才微笑。「畢竟陽世的人又看不到我們。」

「但這裡……怎麼會是這裡？」琴的吃驚，是有理由的。

因為這個位在陰界最貧窮、最多枉死陰魂的亂葬崗之上的建築群落，不是別的，而是一座超大商場。

是一座有著五間以上超大百貨公司，電影院，各式各樣潮店的商場，可以說是陽世的金錢帝國。

這裡的底下，就是亂葬崗？

「陽世的人哪管得了土地下面是什麼？」小才停好車，對琴微微一笑，「只要地點好，砸下大筆鈔票蓋得富麗堂皇，然後把地皮炒得比天高，能賺錢就好啦。」

「那地底是亂葬崗，陰氣不是很重嗎？這樣對陽世的人身體好嗎？」

「當然不好。」小才手比前方，只見眼前這些衣著光鮮亮麗，化妝得漂漂亮亮的男男女女，他們的背後，或多或少都寄宿著幾隻黑色陰獸。「陰氣重，陰獸就會繁殖，若是依附在人體上，無論是身體或心靈都會受到影響的。」

「啊？」

「不過，這也是近幾年陰獸數目混亂才有的現象。」小才搖頭，「以前不至於這麼嚴重啊。」

「因為『易主』開始了？」

「咦？」小才腳步一頓，「琴姊，妳知道易主？」

「是啊，三釀老人的朋友和我說的。」

「嗯。」只見小才古怪的表情一閃而逝，「原來妳已經知道了啊。」

琴沒注意到小才的表情，只是跟在小才背後走著，她又繼續問，「欸？對了，莫言呢？」

「不知道欸，琴姊。」小才搔了搔腦袋。

「不知道？」

「是啊，在電影院的時候，我莫名其妙的挨了一記悶棍，暈眩之際，我喚出玻璃斧要反擊，卻忽然像是撞上了一堵牆，整個人往後摔，那一剎那我知道，對方道行極高。」小才苦笑，

「我靠著玻璃雙斧，與那堵牆的操作者打了半天，才勉強逃脫。」

「嗯，我知道埋伏的人是誰。」

「啊？是誰？」

「警察機關的特警。」琴回想起當時的險況，「我還差點被一個叫做博士的人給殺了。」

「博士星啊，那是特警的三號人物，嘖嘖，看樣子貪狼真的派出精銳部隊來追殺我們了。」小才嘆氣，「後來，小傑的簡訊來了，我就開始找妳了。」

「那你後來怎麼知道我在非觀點的啊？」琴問。

「猜的。」小才遲疑了一秒，才開口說，「我想，琴姊如果沒有被逮住，那就是三釀老人親自出手啦。」

「喔。」琴微微點頭，小才這樣說，倒是有幾分道理，忽然，她想起小天要她特別注意的一件事。「小才，你知道為什麼特警隊會埋伏在電影院嗎？」

「嗯……」小才沉吟了半晌，才支支吾吾的說：「我不確定。」

「不確定？」琴察覺到小才的話中有話。「你有什麼話，就直接說沒關係。」

「琴姊我說了，可別怪我。」

「說說看啊。」

「我覺得，這與莫言消失有關。」

「啊？」琴一愣，和莫言有關？

「是啊，當時我遭到攻擊，琴姊更是命懸一線，電影院裡面都打得乒乒乓乓了，他為什麼沒有進來救援？」小才露出不爽的表情，「一開始他不肯進電影院，搞不好就是在向特警通風報信。」

「莫言……向警察通風報信？」琴皺起眉頭。

當時知道她會去電影院找三醜老人的，共有三人，扣掉自己和小才，就是莫言了。

難道真的是莫言通風報信？

「我不敢亂講啦。」小才鼻子哼氣，「不過我覺得他很可疑。」

「嗯。」琴側著頭，她想起自己一開始被抓的時候，曾看過莫言拿下墨鏡的樣子，那湛藍天空色的眼睛，實在不像是一個會出賣自己的人啊。

不過，話說回來，如果莫言真的是好人，好像也不會去當賊。而莫言的確是一個賊，還是一個大賊。

「也許，也許莫言把這件事和他的好朋友『橫財』講了，橫財……」琴苦惱著，「應該不是莫言吧？」

「這不是一樣嗎？」小才鼻子再重重一哼，「我也和小傑講了啊，但小傑不會出賣琴姊，就像我不會出賣妳一樣，橫財和莫言根本就是一丘之貉啊。」

「嗯。」琴沒有繼續說話，她初入陰界，就是小才和小傑，莫言與橫財四人來找她。對她來說，這四人都有著一定程度的意義，她不願意懷疑其中任何一人。

懷疑夥伴，讓她感到厭惡且痛苦啊。

就在琴與小才討論的時候，他們已經走入了商場的核心。

琴抬起頭，她看著眼前的金色大商場，原來在陰界是這副模樣。

陽世的商場，每一磚每一瓦，都是用金錢砸出來的，光鮮亮麗不說，更是充滿了所謂現代的時尚感，配上底下川流不息的都會男女，讓人感覺到這裡是一塊充滿了誘惑的鑽石之地。

但在陰界呢？也許是位在亂葬崗，又遭逢易主時刻的關係，建築物不再光鮮，而是爬滿了各種黑色污濁的藤蔓植物，濃密的植物葉子縫隙，還可以看見各種奇異的陰獸穿梭其間。

那麼，底下的陰魂呢？

更是個個衣著破爛，面黃肌瘦，行動遲緩，真有貧民窟的感覺。

「好可憐。」琴低語，「這些陰魂，好像餓很久了。」

「這數十年間，政府亟欲擴張領土，爭奪充滿能量的土地與寶物，貪官污吏亂政，根本沒能力去管這些亂葬崗。」小才嘆氣，「不過說起來，黑幫不也是如此嗎？」

「如果我當上了易主的勝利者，我就有能力幫助他們嗎？」琴起了惻隱之心。

「嗯，如果是易主之王，就是下一個世紀的陰界之王，的確有能力幫他們，只是……」

小才看了琴一眼。

「只是？」

「沒事，琴姊。」小才搖頭。

「嗯，易主時刻啊。」琴再度想起了小天與三釀老人對她說的話，只能輕輕嘆了一口氣，繼續往前走。

兩人走著走著，琴忽然感覺到自己的衣糴被人拉動，她一低頭，看見一個好瘦好瘦的小孩魂魄，一手拿著破碗，正對琴露出哀求的眼神。

「啊？」琴嚇了一跳。

「漂亮的大姊姊，可以給我錢嗎？我好久沒吃飯了，好餓好餓，我快要消失了。」小孩語氣虛弱。「我沒有能量了。」

「錢嗎？」琴急忙掏摸身體，要湊出一點零錢，小才卻一把拉住了琴的手，對琴搖了搖頭。

「不要給錢，琴姊。」

「為什麼？」

「在亂葬崗，只要妳給了其中一個小孩錢，其他的小孩就會湧上來，到時候妳身上的錢不但會被搶光，恐怕連身體都會受傷。」小才表情嚴肅的說。

「這麼嚴重？」琴吃驚的說。

「沒錯，他們太餓了，亂葬崗經過一開始的大量死亡之後，變成了貧民窟，又引來更多對陰界適應不良的魂魄，一直循環下去，這裡飢餓的魂魄成千上萬，妳幫不了全部的，琴姊。」

「可是……」

「琴姊，真的！相信我！我們現在真正重要的目的，是找到橄欖油，然後趕快離開這裡！」

「是喔。」琴嘆氣，她很想幫這小孩，只是她身上真的沒錢。

她現在才發現，到目前為止，從買衣、吃飯，到非觀點的飲料，好像全部都不是她出錢的。

老實說，她一毛錢都沒有啊。

這時，琴又發現了一個怪現象，有一群魂魄聚集在一起，他們伸著手，不知道在搶著什麼？

琴靠近一看，發現這群魂魄的中央，一個身穿燕尾服，手拿紳士棍的男人，正不斷送出熱騰騰的包子。

「小才你看，還是有好人啊。」琴露出讚賞的表情。「他正在幫助這些窮人呢。」

「才怪。」小才把琴拉遠，「這些人不懷好意。」

「啊？不懷好意？」

「會來這裡分發食物的有兩種組織，一種叫做黑暗巴別塔，一種則是沒有品的黑幫。」

「黑暗巴別塔?沒有品的黑幫?」

「黑暗巴別塔,是政府暗中資助而成立的格鬥之塔,共有一百零一層,主要是提供魂魄們滿足血腥的渴望,免得整天想要改善生活,推翻政府,算是一種壓制黑幫的手段,提出這想法的就是天相星。」

「那沒品的黑幫是怎麼回事?」

「沒品的黑幫,就像是道門、紅樓,或是其他小幫派,海幫、公路幫、雪幫、宅幫之類的。」小才一口氣唸了一大串的黑幫名字,顯然他對這些黑幫積怒已久。「因為黑幫為了爭奪地盤,難免大打出手,出手就有死傷,為了避免傷及幫中精銳,他們都會來這裡抓一些魂魄當替死鬼。」

「嗯,讓這些可憐的鬼魂去當前鋒?」

「就是這個意思,或者是某些看似陷阱的地方,就讓這些魂魄去踩。」小才嘆氣,「所以那些拿著熱騰騰包子的人,根本不是好東西。」

「是喔。」琴搖頭,自從小天帶她見過了父親,提到易主時刻之後,她越來越覺得,整個陰界是充滿問題的。

在陽世,她只是一個平凡上班族,對改變世界愛莫能助。

但在這裡,如果她真是武曲,那她就有那個能力、那個責任去改變世界。

只是,去拯救世界正確嗎?她也不知道。

真的,一點都不知道啊。

琴離開那些人群之前，再度回頭看了一眼，她發現，那個穿著燕尾服的男人也在看她。

只是匆忙的一眼，琴發現燕尾服男人的背上，還掛著一個大龜殼，造型相當詭異。

而男人除了鼓吹所有人加入幫派之外，手裡更拿著一張紙，紙上畫著一名男人的畫像。

「可疑人物，福十一，紅樓懸賞五十萬。」畫像上，是這樣寫的。

琴雖然對那燕尾服男人沒特別感覺，但畫中男子的外貌，卻讓她心臟微跳。

又來了，又是這種似曾相識的感覺。

只是琴沒有繼續追究下去，小才已經拉著她，朝著亂葬崗更深處走去。

而在深處，琴更看到了另一幅令她驚訝的景象。

7.2 你是貓嗎?

越往亂葬崗深處走去,陽光彷彿被人調弱了一樣,光線越來越陰晦,大樓上的黑色植物與動物數目也更多。

而路邊的許多陰暗處,更冒出了一雙雙不祥的綠色眼睛,正直直的瞪著琴等人。

「奇怪。」小才從三分鐘前,就開始不斷重複著這兩個字。「奇怪。」

「哪裡奇怪?」琴不喜歡這裡的環境,陰陰森森的,空氣好像是黏稠的柏油般,讓她渾身的肌膚都不舒服。

「我和小傑約在一棵大樹下的某處,這棵大樹的面積很廣,理論上應該到了啊。」小才東看西看,但這裡除了骯髒與黑暗,實在沒看到什麼樹。

「會不會記錯地方了?」

「不太可能啊。」小才拚命抓頭。

琴也跟著左顧右盼,這裡的確沒看到什麼樹,但琴發現,這裡的陰魂與外圍的陰魂不太一樣。

外圍的陰魂瘦弱、衰老,十分可憐。

但這裡的魂魄,卻比較壯。

幾個皮膚黝黑,身穿背心的魂魄,更可看見他們手臂上腫脹到不像話的肌肉。

但琴不喜歡這些魂魄的樣子，他們不是小才或小傑這種陽光型的肌肉，他們像是某種打了生長激素後暴增的肌肉。

那是一種很不健康，甚至令人作嘔的壯碩感。

「奇怪，樹不見了，那我們約定的地點不就得改了？」小才嘴裡唸著，同時從懷中掏出了手機。

陰界也是有手機的。

而當小才的手指移動，要打給自己的雙胞胎兄弟之時，忽然他感到周圍人影晃動。

剛剛坐在街旁的那些肌肉魂魄，陡然衝了出來。

「幹嘛……」小才還沒來得及問完話，他的頭頂，就被數十根巨大帶刺的棍子陰影給籠罩。

然後，陰影墜下。

帶著狠狠的殺氣，朝著小才的身體，直砸了下去。

棍落，但卻沒有聽到半聲哀號，取而代之的，是小才的冷哼。

「笨蛋，你們以為我是誰？」

數十名持棍的魂魄，登時呆住。

因為他們最得意的偷襲，能讓一般魂魄變成肉泥的亂棍攻擊，如今竟被一股強大力量給抵住了。

這力量，只是來自一把小小的玻璃斧。

「我是，」小才提氣一吼，「地空星啊。」

小斧力量猛一拉升，宛如強龍破湖而上，直貫天際。

所有的棍子被往上震開，飛上了天空。

連帶的，連那些凶神惡煞般的陰魂，也被這股力量撞得四下亂飛。

唯一還站立的，是高舉著小斧頭，得意洋洋的小才。

「真是在太歲頭上動土啊。」小才大笑，但才笑了兩秒，忽然，他想到了一件事。

為什麼整個現場，唯一站立的人會只有自己呢？

應該還有一個人啊。

「琴姊！」小才大叫，可是這一叫，已經沒了回音。

剛剛在亂棍突擊小才的同時，琴姊，竟被人給硬生生擄走了。

「慘啦。」小才呆住兩秒，他立刻把目標鎖定在剛剛被他震開的那群人，他們一定是同夥。

但才一轉頭，更糟的事情就發生了。

因為，連那些被小才震飛的肌肉魂魄，都不見了。

像是偷到東西就跑的小偷一樣，一眨眼，就全部消失在這晦暗的亂葬崗深處。

琴到哪裡去了呢？

她被抓走了。

在小才受到埋伏的一剎那，琴感到四肢突然被某種巨大的力量攫住，然後往後用力一扯，凌空後飛。

後飛的同時，琴不禁苦笑。

「我的天啊，我來陰界才多久而已？這好像是我第三次被這樣抓了？」琴默想著，同時她感到全身微微發熱。

這股熱，來自於她自身的電能，一種道行的凝聚。

這是第一次，她感到自己沒那麼害怕。

因為就算很弱，但她也有一戰的資格，因為三釀老人教會了她道行。

然後，琴忽然感覺往前奔跑的力量停住了，然後砰的一聲，她被摔到了地上。

琴急忙躍起，觀察周圍，她發現除了地面微溼的感覺外，周圍一點光都沒有，竟是一片完全的黑暗。

但在這片黑暗中，卻讓人感到自己正被注視著，被上千雙小小的眼睛，直直的注視著。

「誰在那裡？」琴藉著不斷讓體內的電能流轉，給自己勇氣，面對眼前這一大片詭異的黑暗。

物。

黑暗中沒有回答。

只傳來瑣碎的「吱吱吱」聲。

這聲音尖銳且細碎，讓身在黑暗中的琴，感到一陣毛骨悚然，因為這讓她想到了一種生物。

一種在陽世，女生會尖叫逃跑的囓齒類生物。

琴感到手心冒汗，黑暗中那千雙眼睛，如果都是那種生物……牠們正注視著自己，為什麼要注視著自己？

忽然，黑暗中，一個人影出現。

他的外表和之前的肌肉魂魄有些類似，全身的肌肉不正常的腫脹著，像是被注射了某些激素。

「我懂人語和部分獸語。」那男人開口了。「所以我代表牠們來。」

「牠們？」

「牠們是地下的王，而王之中的王，如今也在這裡。」男人慢慢的說著，似乎正努力傾聽背後不斷湧來的「吱吱吱」聲響。

「地下的王。」琴吞了一口口水，是下水道的王吧？

「牠們抓妳來，是要問妳一個問題。」

「嗯。」琴看著這男人，她想到的是，這男人不是一個好的翻譯官，也許是因為他對這動物語言的熟練度不足，或者該說，背後實在有太多隻動物一起講話了。

只見這男子歪頭傾聽，表情苦惱，似乎對背後那些動物所講的話感到困惑。

「呃，是什麼問題呢？」琴本著雙子座的好奇心，也不管周圍有多麼危險且噁心，她追問道。

「等等……等等……牠們問……這是……」男人再三確認後，終於吸了一口氣，將問題說了出來。「牠們問妳……」

「嗯。」

「妳是貓嗎？」

「啊？」琴呆住，這是什麼問題，我明明就是人啊。

「請快點回答，牠們越問越大聲了。」男人的表情驚恐，顯然對背後這群小生物，異常害怕。

「只是為什麼這樣問？」到了此刻，琴還是捨棄不了雙子好奇的天性，繼續追根究柢。

「呃，」男人聽了一下，這樣回答，「牠們說，按照預言，戴著鈴鐺的貓就要來了，牠的目的是解救那棵樹，所以牠們要問妳，妳究竟是不是貓？」

「不是，」琴搖頭，「我是人。」

「確定？」男人側耳傾聽背後的小生物興奮的吱吱叫著。

「當然確定。」琴攤開雙手，「你看我哪個部分像貓了？我靠雙腳走路，沒有貓鬍鬚，上廁所也不用貓砂。」

「是喔，那就好，」男人露出鬆了一口氣的表情，「因為接下來這句話，很好翻譯。」

「嗯？」琴看著男人。

「那就是……」男子提氣，「妳死定了。」

下一秒，琴看見了一幅令她永生難忘的畫面。

黑暗漲開了。

是的，那種景色，幾乎只能用「漲開」來形容。

因為，原本比琴還高兩倍的黑色平面，在這一秒，突然浮出一粒一粒，密密麻麻，尖細的三角形小頭。

每個小頭後面，跟的是牠完整的身軀。

這群生物，終於在此刻，露出了牠們囓齒動物王者的真面目。

老鼠，巨大的暗紅色老鼠。

整面牆，上萬隻的老鼠，對著琴一口氣塌了下來。

「啊！」琴尖叫。

但除了尖叫，她還做了另外一件事。

她出掌了。

純白色的電，從她的掌心中湧出。

7.3 微生鼠

電光閃爍，琴看清楚了周圍的景色，這裡似乎在某個地底的水道裡面，琴的旁邊就是水溝。

電光一過去，琴正面有數十隻紅色大老鼠墜落，全身抽搐，顯然被電暈了。

這一擊的確暫時嚇住了上萬隻老鼠，但也只是短暫的幾秒，因為老鼠們隨即發現，琴的力量只能對付十幾隻老鼠。

老鼠群，可是有上萬隻啊。

「吱吱！吱吱吱吱吱吱吱吱！」老鼠的聲音彼此串連，再度發動了攻勢。

「慘啦，」琴苦笑，「這麼多老鼠，怎麼打得完？」

幸好，另一個聲音加入了戰局。

「鈴，鈴，鈴。」琴聽到自己懷中，天同星孟婆給的銀色風鈴響了起來。

鈴聲彷彿暮鼓晨鐘，所有的老鼠登時停住，牠們在困惑，這是什麼聲音？為什麼會令牠們感到恐懼？

「有空檔了。」琴往懷內一掏，掏出了三釀老人臨別時的贈禮，陰界咖啡豆。

「聽說你很兇猛？」她管不了這麼多，拿了一顆就扔了出去。

只見咖啡豆落下，滾啊，滾啊，滾啊。

滾過了肌肉男人的腳邊，滾過滿地的大老鼠，彷彿受到植物趨水的本能驅使，朝著水溝直去。

這時，琴聽到了一個聲音，那是不同於其他老鼠的吱吱尖叫，而是更有韻律、更有規則、更接近人類語言的老鼠叫。

那叫聲急促，似乎在催促老鼠們阻止那顆咖啡豆。

老鼠們先是一呆，然後才動手要阻止那枚小小的咖啡種子，只見小小的咖啡種子，蹦蹦跳跳，跳過了第一隻老鼠的爪子，跳過了第二隻老鼠的尾巴，又跳過了第三隻老鼠的牙齒，終於，逼近了水溝。

「種子在找水嗎？」琴在旁邊看得一愣一愣的，又低頭看著自己掌心餘下的五六顆種子。「陰界植物好活潑啊，會自己跳去找水。」

咖啡種子繼續跳，跳過了水溝旁的最後一隻老鼠。

然後，直直墜下，就要墜入充滿水的水溝，開始它的生命。

但，就在最後一刻，就在種子快要碰到水面的那一刻，一隻超大的老鼠，竟從水溝邊緣直接跳下，貼著水面滑來，宛如一台水面滑翔機。

琴揉了揉眼睛，是不是自己看錯了，為什麼這隻會飛的老鼠，背上好像有馬鞍之類的東西，難道有誰坐在上面駕駛嗎？

只見這隻配著鞍轡的老鼠，順著水面急速滑翔，在驚險的最後一秒，咬住這顆咖啡種子。

這一攔截，所有的老鼠都發出「吱吱吱吱」「吱吱吱吱」的歡呼尖叫。

因為，無論這顆咖啡豆未來有多兇猛，都不重要了，因為它已經無法碰到水了。

但，在所有老鼠歡呼的同時，那隻配著鞍轡的老鼠，卻繼續憤怒尖叫，因為牠看見了……

一隻屬於人類女子的纖纖小手，正捏著另一顆咖啡豆，放在距離水面只有零點零五公分的地方。

這人類女子不是別人，正是琴，她露出歉意的微笑。

「抱歉。」琴抱歉的笑著，「我忘了說，三釀老人送我不止一顆呢。」

然後琴的手指鬆開，咖啡豆直線落下。

所有老鼠同時尖叫。

水花激起，咖啡豆撲通一聲，完全沉入了水中。

那隻配著鞍轡的老鼠用力一啼，啼聲之尖銳，竟與天空中的老鷹同樣具有威嚇力。

所有老鼠一聽到這啼叫，立刻轉身就逃，但同一時間，水溝的水，已經開始發生了變化。

水，出現了一波又一波的漣漪。

漣漪越擴越大，有鞍轡的大老鼠再啼，所有的老鼠更是狂退，彼此踩踏，要退回牠們原本藏身的黑暗中。

而那個肌肉魂魄則被老鼠們撞倒在地上，身體一倒，更是被如潮水般的老鼠爬過身體。

水面的漣漪，陡然停了。

一株比人類還大上十餘倍的綠色幼苗，氣勢萬千的從水面爬升而上，越是往上爬升，身上的葉子就越來越茂密，甚至開始開花，結出了果實。

老鼠還在退，如潮水般往後退。

植物越長越大，短短的幾十秒，就頂到了地下道的天花板，連兩邊的牆壁也同時頂到。

而植物的種子，也在這時候，成熟了。

「好誇張，這植物長得好快好大。」琴看得連眼睛眨都不眨。「這是魔戒電影嗎？」

老鼠還在退，已經退到剩下最後數百隻了。

植物的種子在此同時成熟，只見它彷彿有自己的意志般，轉動樹枝，將所有的咖啡豆果實，對準了最後數百隻還沒退完的老鼠屁股。

咖啡果實，射出。

速度、力道，加上種子本身的堅硬度，都強悍到無懈可擊的咖啡果實。

宛如一座座暴力的機關槍，直接掃射地面上的老鼠，下一秒，濺血的程度，連琴都忍不住閉上了眼睛。

老鼠哀號，咖啡植物以咖啡豆掃射，咖啡豆落地碎開，空氣中還飄揚著濃郁的頂級咖啡香氣。

血腥、肉屑，以及頂級咖啡的香氣，真是一幅讓人心智扭曲的畫面。

琴看傻了，而此時她再度感到手臂被人拉住，一轉頭，琴低呼。

「是你？」

「此地不宜久留。」那人露出嘲諷的笑。「咖啡豆撐不久的嘿。」

「嗯。」琴點頭。

「走吧，我已經用技挖了一個洞了，跟我走就對了。」

琴被帶走之前，她忍不住回頭，她看見了咖啡豆植物正在搖晃，因為有鞍轡的老鼠反擊了。

牠以超級靈巧的身軀，穿過密麻的咖啡豆子彈雨，一口咬住了咖啡豆植物的莖部。

只是這一咬，整個咖啡豆植物竟然開始萎縮。

然後像是被吸乾養分般失去了光澤，咖啡豆無法成熟，就再也不能當成機關槍了。

「植物輸了。」琴喃喃自語，「那隻老鼠身上配著鞍轡，難道有什麼東西騎在上面嗎？」

「當然有嘿。」那人拉著琴，快速在水道中穿梭，轉眼間，琴就看到了出口的光。

「嗯？」

「那隻，就是站在陰獸綱目頂端的十二陰獸之一，微生鼠。」

終於，琴在這人的幫助下，逃出了下水道。

這個人看著琴，露出他慣有的嘲諷笑容。

「看樣子，笨女孩有進步了，妳會用道行嘿？」那人推了推鼻樑上的墨鏡，冷冷的笑著。

「你很奇怪欸，」琴稍微整理了一下頭髮，「在這麼暗的地方，還戴墨鏡？」

「嘿，這樣比較帥啊。」

「才怪，你眼睛很漂亮，不戴比較好看。」琴看著眼前的男人，認真的說。「我對你有信心，莫言。」

莫言，這男人是莫言？

光頭、墨鏡，還有那個嘲諷的笑容，不是莫言是誰？

「嘿嘿。」莫言乾笑了兩聲，似乎要掩飾剛剛琴衷心稱讚他時，他內心的波動。「妳對我有信心，但我對笨蛋一點信心都沒有。」

「哼，又罵我笨蛋？」琴雙手扠腰，「我才要問你，電影院之後，你跑到哪裡去了？」

「沒嘿。」莫言起身，拍了拍身上的灰塵，「只是懷疑了某些事，去查了一下。」

「什麼事？」

「有些事證據還不夠，我還要確認一下，現在和妳這種直線條的笨蛋講，妳也不會相信嘿。」莫言一笑，雙手插入口袋，轉身就要走。

「啊，你要走了？」

「事情還沒查完，而且我也討厭一直跟在妳旁邊，位置太明顯了，實在有違我神偷低調的風格。」

「嗯……」琴很努力想要解讀莫言這些話的意義，但她真的不太懂。

難道這和小天提醒她的，「究竟是誰說出三醮老人在電影院」這件事有關嗎？

「別想了，就說以妳的腦袋是想不通的。」莫言聳肩，「人心太壞嘿，就算是以前的妳，也想不通的。」

「嗯，莫言，你說不想在明處，我可以理解，那我問你一件事。」琴認真的看著莫言。

「問嘿。」

「那你會繼續在暗處，保護我嗎？」

「哈嘿。」莫言笑了，「為了寶物，我當然會。」

「是喔，只是為了寶物啊？」琴低下頭。

「還有為了笨蛋，在陰界難得出現這麼笨的人，也算是一項難得的寶物啦。」

「哼。」琴笑了，「你嘴巴還是這麼令人討厭。」

「因為妳讓人忍不住想欺負啊，哈。」莫言拍了拍身上的灰塵，毫不眷戀的離去。

而琴看著他的背影，突然間，如釋重負般的微笑了。

「莫言說得對，我就別想了。」琴躺在地上，雙手攤開。「莫言一定不是那個通風報信的人，小才也不是，小傑、横財也都不是，一定是警察系統很厲害的關係。」

琴想到這裡，心情也輕鬆了。

坦白說，要她去懷疑身邊的人，真的比背叛她還要令她痛苦。

而遠處，一個琴熟悉的身影正狂奔而來，他張嘴大叫，「琴姊，琴姊，妳還好吧？」

「還好。」琴起身，對著熟悉的身影用力揮手，「小才，我還好。」

「琴姊！」小才跑得氣喘吁吁，「我知道那棵樹不見的祕密了。」

「咦？」

「因為老鼠。」小才喘著氣，說得斷斷續續，「突然出現的老鼠群，讓那株巨大的橄欖樹，枯萎到只剩下一口氣了。」

此刻，小才和琴正坐在亂葬崗的外圍，一間百貨公司的頂樓，可以俯瞰半個商場的地方。夜色慢慢籠罩城市，商場的各色燈光閃爍，彷彿是一個剛剛才甦醒的巨人。

「琴姊，妳知道陰界中，最珍貴的東西是什麼嗎？」小才仰著頭，看著一片鮮紅色的天空。

「能量？」琴聽過太多次，陰界魂魄沒有軀體，只能靠能量。

「對對，」小才用力點頭，「哪兩種東西能供應最多能量？」

「我知道，其中一個是寶物。」

「對，那另一個，」小才豎起拇指，「就是土地。」

「嗯。」

「和寶物相比，土地的能量雖然沒有寶物來得絢爛，但土地的能量綿長豐沛，往往能滋養更多的魂魄。」小才坐在高樓的牆邊，雙腳在空中晃啊晃的。「寶物的由來，是源自於寶物的歷史，例如戰場上用的軍刀，或是高僧使用過的法器。」

「嗯。」

「土地的等級則區分成兩種，天與人。」

「天與人？」

「天級寶地，指的是自然形成的寶地，像是珠穆朗瑪峰的聖山，是聖靈集結之地，抑或是深山溪谷中，終年沒有照射到一絲陽光，而養出的至陰之地。」

「那人級的寶地呢？」

「通常源自於人類歷史對這塊土地的影響。」小才說，「像是古老的太原戰場，因為死傷人數眾多，死氣滲入泥土中，也讓土地擁有了能量。另外就是王者之墓，像是曹操的墓，吸飽了帝王之氣，也可能讓土地擁有自己的能量。」

「好厲害的能量理論。」琴聽得嘖嘖稱奇，「陰界真的以能量貫串一切啊。」

「寶地通常都有自己的屬性，未必對每個魂魄都好。」小才說，「另外，要分辨這裡是不是寶地，還有一個辦法。」

「什麼辦法？」

「看植物。」

「咦？」

「植物是從土地中直接生長出來的，植物的好壞直接反映土地的能量，而寶地上，往往會生長出一株特異的陰界植物。」小才看著琴，「琴姊，說了半天，我們要找的那株橄欖樹……」

「就是生長在寶地的特異植物，啊，所以這裡是寶地？」

「亂葬崗是一塊寶地，真是出乎我意料之外啊，呵呵，」小才猛搔頭，「不過也不是沒有可能，這裡可能遭遇過大規模的戰亂，於是產生了人級的寶地。」

「懂了，這塊寶地生長出來的橄欖樹，也就是產出橄欖油的關鍵。」琴開心的笑，「太好了，感覺上這次的任務比較簡單。」

「不不，這次任務很難啊，琴姊。」小才苦著臉。

「欸？怎麼說？」

「因為按照我剛打聽的結果……」小才整張臉皺在一起，「橄欖樹已經接近枯萎，而枯萎的原因，就是曾經襲擊妳的危險生物，S級的陰獸，微生鼠啊。」

「微生鼠？」琴回想起剛才在地下道驚心動魄的戰鬥，她也是餘悸猶存。「難不成駕著那隻配有鞍轡的大老鼠，就是所謂的微生鼠？」

「琴姊，妳見過老鼠了？」小才吃了一驚。

「是啊，全靠這些豆子救命。」琴從懷中掏出了那幾顆咖啡豆，剛才的戰鬥用去了兩顆，還剩下五顆。

「三釀老人的豆子，一定很厲害。」小才滿臉敬佩，從琴手上捏了一顆，卻發現豆子扭動了起來。

小才一驚，急忙將豆子丟回琴的手掌上，奇妙的是，豆子像是得到安撫，立刻停止掙扎。

「琴姊，妳的豆子會認人欸？」

「咦？豆子會認人？它不是植物嗎？」琴滿頭霧水，「沒聽過植物會認人的。」

「我也是第一次聽過，可能是三釀老人特別為妳栽種的吧。」小才露出尷尬的笑，「這樣琴姊妳就有屬於自己的救命武器囉，真好。」

「特別為我栽種的？」琴看著豆子，那種告別三釀老人時的眷戀心情，再度湧上心頭。要栽種這些豆子，應該不是一天兩天的事情吧？

三釀老人雖然一開始下手殘忍，還在自己的肩膀上種花，但事實上，卻在好幾年前，就種好了這些豆子，等著武曲回來。

等待自己最疼愛的女徒兒武曲歸來，這宛如老父的心情，讓此刻的琴，禁不住感動起來。而武曲安排的五項食材中，第一樣就是白米，也許就是希望自己能再回去找這個亦師亦父的三釀老人吧？

如此說來，這次挑中亂葬崗的「橄欖油」，或許也有她獨特的用意吧。

想到這裡，琴用力站起，雙手握拳，大喊了一聲。

「好！」

「好？琴……琴姊……妳還好吧？」小才仰頭看著琴，表情擔心。「妳是因為太害怕陰界老鼠，所以神經錯亂了嗎？」

「沒有，我現在開始要認真了。」

「認真？」

「我要認真找到食材，我們來擬定作戰計畫吧。」琴熱血的說，「如何解救橄欖樹的計畫。」

「解救橄欖樹的計畫……」小才搔了搔頭。

「對，就命名為『搭拉搭拉救樹計畫』。」

「救樹計畫我能懂，琴姊，但為什麼前面要加搭拉搭拉？」小才又繼續搔頭。

「因為好記啊，你沒帶過營隊吧？」琴微笑，「這樣的計畫名，國中小朋友們都很愛喔。」

「呃。」小才睜大眼睛，他突然發現，琴姊好像和他印象中的武曲有些不同了。

說不上來的親切感，小才似乎更喜歡現在的琴。

難道去了一趟陽世，讓武曲也發生改變了嗎？

而就在琴與小才坐在高樓頂，談著偉大的「搭拉搭拉救樹計畫」時候。

這塊亂葬崗的土地下，某種數目眾多的黑色囓齒類生物，正交頭接耳著。

吱吱吱吱……吱吱吱吱……

而一旁全身都是肌肉的魂魄，則忍不住側耳傾聽這群老鼠究竟在說些什麼？

有很多語彙他不懂，所以他只能慢慢的猜出來。

老鼠們，是這樣講的……

「困住了，把他困住了……」

男子不懂，到底抓到了什麼？

「困住了一個拿著黑色刀子的食物，對老鼠而言，每樣東西都是食物，吱吱吱吱！」

肌肉魂魄抓了抓頭，看樣子有個拿著黑刀的人，被老鼠們困住了。

「這食物差點就碰到了『根』，幸好老大親自出手，把他困住了，吱吱吱吱。」

肌肉魂魄不禁想，老鼠們也很八卦，愛聊天，大概是整天在地底很無聊吧。

「黑刀食物被困住，遲早會被我們吃掉，吱吱吱吱，這塊土地真好，不僅提供能量給我們繁衍，更不斷引來食物讓我們加菜，吱吱吱吱。」

肌肉魂魄抖了兩下，要不是老鼠看中他的雙語能力，可能早就被吃掉，然後化成老鼠的糞便來滋養土地了。

這時，肌肉魂魄聽到了老鼠們的歌聲。

很吵雜、很難聽，但那的確是歌聲。

「吱吱吱吱，不怕，吱吱吱吱，不怕，我們是什麼都不怕的地底之王，吱吱吱吱，只要貓不來，吱吱吱吱，戴著鈴鐺的貓不來，吱吱吱吱，我們就是王，吱吱吱吱，陰界的王，吱吱吱吱，只要戴著鈴鐺的貓不來。」

只要，戴著鈴鐺的貓不來。

只要貓不來。

尾聲

同樣的天空下，另一個與柏命運緊緊牽連的女孩，她在地板上畫出了一整張的攻略圖，讓旁邊的小才看得是一愣一愣的。

「搭拉搭拉救樹計畫。」琴收筆，「就是這樣啦。」

「這計畫不會太冒險嗎？」小才驚愣的張大嘴巴。

「有冒險，才有收穫。」琴微笑，「不是嗎？」

此刻，琴與柏，兩個影響陰界甚深的人，正努力的奮鬥著。

而陰界與陽世的天空，則緩緩的被陰氣籠罩。

災難越來越多，時間也越來越緊迫了。

易主時刻，即將到來。

新的傳說，也即將誕生了。

《陰界黑幫第二部》・完

Div作品 04

陰界黑幫 02

國家圖書館出版品預行編目資料

陰界黑幫．02，／Div 著.
一初版.一 臺北市：春天出版國際，2011. 02
面；　公分.一（Div 作品；04）
ISBN 978-986-6345-17-3（第1冊：平裝）
ISBN 978-986-6345-66-1（第2冊：平裝）
857.7

ISBN 978-986-6345-66-1
Printed in Taiwan

作者	Div
封面設計	克里斯
內頁編排	三石設計
總編輯	莊宜勳
編輯	施怡年
發行人	蘇彥誠
出版者	春天出版國際文化有限公司
地址	台北市忠孝東路四段303號4樓之一
電話	02-2721-9302
傳真	02-2721-9674
E-mail	frank.spring@msa.hinet.net
網址	http://www.bookspring.com.tw
部落格	http://blog.pixnet.net/bookspring
郵政帳號	19705538
戶名	春天出版國際文化有限公司
法律顧問	蕭顯忠律師事務所
出版日期	二〇一一年二月初版一刷
定價	270元
總經銷	楨德圖書事業有限公司
地址	台北縣新店市復興路45號3樓
電話	02-2219-2839
傳真	02-8667-2510
印刷所	鴻霖印刷傳媒事業有限公司

S P R I N G

每一本好書都是一顆種子，
春天播種在你的心田夢土上。